KB207235

모두 아름다운 아이들

모두 아름다운 아이들

초 판 1쇄 발행 1996년 10월 25일
초 판 25쇄 발행 2008년 2월 20일
개정판 1쇄 발행 2008년 12월 29일
개정판 21쇄 발행 2021년 3월 26일

지은이 최시한
펴낸이 이광호
펴낸곳 ㈜문학과지성사
등록번호 제1993-000098호
주소 04034 서울 마포구 잔다리로7길 18(서교동 377-20)
전화 02) 338-7224
팩스 02) 323-4180(편집) / 02) 338-7221(영업)
전자우편 moonji@moonji.com
홈페이지 www.moonji.com

ⓒ 최시한, 2008. Printed in Seoul, Korea.

ISBN 978-89-320-1935-2 43810

이 책의 판권은 지은이와 ㈜문학과지성사에 있습니다.
양측의 서면 동의 없는 무단 전재 및 복제를 금합니다.

모두 아름다운 아이들

최시한 연작소설

문학과지성사
2008

차례

구름 그림자

5월 22일.

  오늘 누나의 결혼 날짜가 잡혔다. 아니, 누나가 자기 결혼 날을 잡았다. 6월 22일. 꼭 한 달 남았다. 달력을 보니 바로 하짓날이었다. 왜 하짓날이냐고 물었더니 그런 줄 몰랐다고, 가게를 수리하기 좋은 때라서 그때로 잡았다고 했다. 가게를 수리하기 좋은 때라서. 누나는 결혼도 가게 사정에 따라서 한다.

  사실은 왜 하짓날이냐고 물으려던 게 아니었다. 왜 그렇게 가까운 날로 잡았느냐고 묻고 싶었다. 시간이 너무 짧은 것 같아서, 적어도 나한테는 시간이 더 있어야 할 것 같아서. 하지만 그렇게 묻지 않기를 잘했다. 역시 가게를 수리하기 좋은 때라서 그랬다고 대답했을 게 뻔하기 때문이다. 게다가 내가 그렇게 물으면, 누나가 결혼

할 날이 얼마 남지 않아 슬퍼하는 것처럼 보였을지도 모르기 때문이다. 나는 기쁘지도 않지만 그렇다고 슬픈 성싶지도 않다. 누나는 결혼할 나이가 벌써 지난 데다가, 오래전부터 결혼 말이 있었던 까닭인지 모른다. 누나가 결혼하면 슬퍼해야 하나? 내가 슬퍼하지 않아서 누나는 섭섭했을까?

순석이한테 편지를 썼다. 어제 쓴 것하고 함께 내일 부쳐야겠다.

5월 23일.

구름이 지구를 둘러싸고 있다. 구름은 잠시도 쉬지 않고 떠돈다. 지구의 표면에는 노상 구름의 그림자가 움직이고 있다.

쉬는 시간에 철봉 근처에 앉아 있다가 구름 그림자가 운동장을 훑고 지나가는 걸 보았다. 어째 여태까지 한 번도 주의해서 보지 않았을까. 그 광경은 정말 놀랍고도 짜릿하였다. 넓은 운동장이 커다란 화면 같았다. 처음에는 향나무가 서 있는 쪽 귀퉁이만 구름 그림자 속에 들어갔다. 하지만 화면은 잠깐 사이에 전부 어두워졌다. 튀어나온 물체들이 속수무책으로 자기 그림자를 잃어버렸다. 잠시 그렇게 정지했다가 다시 향나무 쪽부터 밝아지고, 어마어마한 배처럼 그늘이 서서히 움직여 화면이 흑백에서 다시 천연색으로 바뀌었을 때, 어쩌면 나만 보았고 나 혼자만 그렇게 여겼는지 몰라도, 물체들이 모두 달라진 것처럼 느껴졌다. 이전의 그 운동장이 아닌 것 같았다.

화산이 터지거나 지진으로 땅이 갈라지는 것만 대단한 게 아니다. 그런 일은 우리나라에서는 잘 볼 수 없다.

'5월 25일..

구름 그림자 생각이 자꾸 머릿속에서 맴돈다. 그걸 생각하고 있노라면 내가 아주 높은 곳에서 구름을 내려다보고 있는 것 같다. 구름을 뚫고 솟아오른 산봉우리에 올라앉아 구름과 그 그림자들이 움직이는 걸 오래 바라보고 싶다. 비행기나 인공위성을 타보았으면.

수학 시간에는 그 생각을 하며 창밖을 내다보다가 선생님한테 지적받았다. 철학자, 또 무얼 그렇게 생각하고 있어? 다른 애들이 와아 웃었다. 수학 선생님이 내 별명을 어떻게 알았을까? 공부 시간에는 딴전 피우지 말라고, 위대한 철학자는 거의가 뛰어난 수학자였다는 걸 알아야 한다고, 우선 좋은 대학에 가야 철학을 잘할 수 있을 게 아니냐고 훈계를 했다. 나는 철학자가 되고 싶은 생각도 없는데 그런 말씀을 하고, 게다가 또 대학 얘기까지 덧붙여서 속상했다. 도대체 대학 얘기를 빼고는 말을 할 수 없는 것일까.

나는 철학이 무엇인지 잘 모른다. 문학도 마찬가지다(그러니까 이런 나한테 철학자라든지 시인이라는 별명을 붙인 친구들도 뭐가 뭔지 모르는 셈이다). 그렇기는 하지만, 그게 꼭 대학에 가야만 할 수 있고 그것도 좋은 대학에 들어가야만 제대로 할 수 있는 건 아닐 거다. 대학이 없었을 때는 사람들이 철학과 문학을 하지 않았을까? 그게 살아가는 데 꼭 필요한 것이라면, 대학에 다니지 않은 사람들은 그런 것을 안 해도 될까? 아무래도 대학이란 게 구름 그림자 같은 게 아닌가 싶다. 모두가 그 속에 들어 있으면서도 그런 줄을 모르는 구름의 그림자. 왜 그놈은 하늘에서 그렇게도 꼼짝을 하지 않을까.

오늘은 순석이한테 편지를 쓰지 못했다. 누나의 결혼 준비를 도와야 했기 때문이다. 돕는다고 해야 누나가 불러주는 품목들을 종이에 받아 적는 일이었지만. 누나는 벌써 다 조목조목 챙기고 계산해놓은 상태였다. 언제 그랬느냐고 하니까 딱하다는 듯이 한참 물끄러미 바라보았다. 이런 소리를 하고 싶었을 것이다. 부모님이 안 계셔도, 나는 이렇게 살아왔다. 이제는 너도 그래야 한다. 그런데 네가 과연 그럴 수 있을까? 너 혼자서 과연……

'5월 28일.

지금 지구의 반쪽은 어둠에 싸여 있다. 구름이 중국을 거쳐 동으로 움직인다. 구름은 달빛을 받아 은색이다. 하지만 그 그림자는 검다. 서해에서 둘로 갈라진 구름 가운데 하나가 우리나라를 지나간다. 그림자의 가장자리가 빠른 속도로 땅바닥에 있는 것들을 삼킨다. 학교, 공장, 길거리, 육교, 강물…… 기숙사, 대합실, 월세방, 대저택…… 몸을 구부린 사람, 사지를 편 사람, 엎어진 사람, 껴안은 사람…… 그림자는 예외 없이 어둠 속에 녹여버린다. 하지만 지금은 깊은 밤. 그 어느 창문도 열려 있지 않다. 누구도 구름 그림자의 움직임에 관심이 없다. 그것이 자기들을 어둠 속에 빠뜨렸는데도. 다시금 벌거벗겨 달빛 속에 내놓았는데도. 밥처럼, 시간처럼, 그렇게 자기들을 지배하고 또 변화시키는데도.

'5월 30일..

그저께하고 오늘 쓴 편지를 순석이한테 부치다가 문득 생각이 났다. 걔는 왜 답장을 하지 않을까? 또 시험에 떨어졌다는 소식을 들은 게 2학년 시작되고 얼마 안 있어서다. 그 뒤로 거의 사흘에 한 번은 부쳤으니까 이제 받은 횟수로만 쳐도 스무 번은 넘었을 텐데. 원하는 학교 입학시험에 자꾸 떨어지면 그토록 상심이 되는 걸까. 그냥 남들처럼 일반 학교에 다니면 될 텐데…… 그 경주 트랙에는, 한 번 들어서면 나올 수 없는 것일까? 그럴지도 모른다. 게다가 걔는 원래 글쓰기를 싫어한다. 싫어하는 정도가 아니라 무서워한다. 그러니까 편지는 내가 보내야 한다.

누나는 내가 연애를 하는 줄 안다. 아까는 순석이가 누구냐고 물었다. 아무렇지도 않은 말투로. 순석이 이름을 아는 걸 보니 내 편지를 봉투라도 훔쳐본 게 틀림없다. 나는 일부러 여자 친구라고 했다. 그런데 그 말을 듣고 난 누나의 표정이 이상했다. 화가 난 것 같기도 하고 낙심하는 것 같기도 했다.

내가 공부는 게을리하면서 여자 친구나 사귄다고 그런 걸까? 누나는 선생님이나 다른 애들처럼 좋은 대학에 못 들어가면 인생이 끝나는 것처럼 얘기한 적이 별로 없다. 요새는 점점 눈치가 달라져 가지만, 아직까지 그 점만은 다른 사람들과 다르다. 누나 자신이 대학에 다니지 않고도 남 못지않게 살아왔다는 자부심을 가지고 있기 때문일 것이다. 언젠가 누나는 말했다. 대학에 다니는 고등학교 동창생을 만나고 온 날 저녁이었다. 대학에 다닌다는 애가 머릿속에 쓸데없는 생각만 가득 차 있더라. 세상 물정은 하나도 모르는 게 꼭 꿈을 꾸고 있는 사람 같더라. 그래 가지고는 나중에 제 앞가림도 못하겠더라.

제 앞가림이란 게 뭘까. 나는 내 앞가림을 하고 있나? 나는 나의 생활비를 벌지 못한다. 하지만 그건 아직 학생이니까 어쩔 수 없다. 세상 물정, 세상, 물정, 앞가림, 앞, 주변, 미래…… 모르겠다. 누나는 잘 아는 것일까? 그러고 보니 누나가 왜 이상한 표정을 지었는지 짐작이 간다. 내가 혼자 살게 되면 앞가림을 못할 것 같아 자기는 걱정인데, 나는 엉뚱한 데나 정신이 팔려 있다고 생각했기 때문일 거다.

순석이가 사실은 남자라고, 중학교 삼학년 때 같은 반이었던 애라고 말해버릴까? 그러고 싶지 않다. 내가 하는 일을 몰래 감시하는 게 기분 나쁘다. 누나는 아직도 나를 초등학생으로밖에는 생각할 줄 모른다. 내가 구름이라면, 고등학생 구름이다. 초등학생 구름은 흩어지고 흘러가버린 지 오래다.

누나한테 구름 그림자 얘기를 해볼까? 그러면 더 묘한 표정을 짓겠지. 기상청에는 구름 지도라는 게 있다는데 그걸 보러 가야겠다고 하면 속이 끓어서 터질지도 모른다. 아니다. 누나는 그만한 일로 그럴 사람이 아니다. 누나는 나를 잘 모르지만, 나는 누나를 잘 안다.

·6월 4일·.

벌써 6월도 며칠 지났다. 어느 사이에 봄이 지나가버렸다. 나뭇가지에 잎이 무성한 걸 보고는 언제 진달래나 개나리가 피었던가, 올해에 내가 그 꽃을 보았던가 싶었다. 우리 학교 교정에는 그런 꽃이 많기로 유명하니까 기억이 안 난다면 내가 눈여겨보지 않은 탓이다. 일부러 체육관 옆의 커다란 개나리나무에 가보았다. 꽃이 있을 리 없었다. 나는 무얼 하다가 봄이 지나가는 줄도 모르고 있었을까?

체육 시간에 분단별로 축구를 했다. 우리 분단이 나가게 돼서 어쩔 수 없이 뛰었다. 거의 끝나갈 무렵에 동철이가 구석차기한 공이 나한테 날아왔다. 발로 차려고 했는데 공은 무릎에 맞았다. 그래서 공이 생각지도 않은 곳으로 굴러가는 바람에 문지기가 잡지 못했다. 어찌 되었든 내가 골을 넣은 것이다. 모두들 박수를 치고 난리였다. 그런데 그 다음이 문제였다. 너도 축구를 할 줄 아냐, 네가 공을 넣다니 놀랍다, 는 소리들을 했다. 한두 녀석만 그런 게 아니다. 그게 진심으로 한 말이든 놀리느라고 그런 것이든 간에, 나는 기분 나쁜 건 둘째치고 이상스럽기 짝이 없었다. 좀 괴상하게 공이 들어가기는 했지만, 나라는 사람은 공을 넣지 말라는 법이 있나? 저희들이 다 하는 걸 나도 했을 뿐인데 그게 뭐 그리 놀랄 만한 일이란 말인가?

　자기들 멋대로 나를 보고 있다. 자기들 눈으로 본 내가 진짜 나인 줄 알고 있다. 요새 눈병이 돌아다니나? 어쩌면 그렇게 여럿이 똑같은 눈병에 걸렸을까? 어떤 눈병에 잘 걸리도록 타고난 눈들이 의외로 많은가 보다.

·6월 6일··

　누나는 항상 싸울 준비가 되어 있다. 아니, 누나는 싸움을 잘한다. 그러니까 늘 싸울 준비를 하고 있는 것처럼 여겨지는지 모른다.

　오늘 포목점에서 일어난 일만 해도 그렇다. 주인은 여덟 마를 끊었고 누나는 여섯 마를 끊으라고 했다는 거다. 이불감으로는 이게 좋다 저게 좋다, 몇 마는 가져야 한다 아니 그렇게 커서 뭘 하느냐 등등의 말이 한참 오가다가 일어난 일이었다. 그릇 가게로부터 시

16

작해서 포목점만 해도 벌써 네 군데나 돈 데다가 짐을 들고 다니느라 맥이 다 빠져서 나는 자세히 듣지 않았다. 그런데 불쑥 누나는 너도 내가 여섯 마를 사겠다고 그러는 걸 듣지 못했느냐고 물었다. 옆 가게에 있었거나 지나가던 사람들까지 몰려들어 구경을 하고 있는 판에 나더러 증인을 서라는 것이다. 여섯이냐 여덟이냐를 놓고 일어난 다툼이라면 분명히 누나는 여섯을 생각하고 있었을 게 뻔했다. 항상 돈을 아끼는 쪽으로만 나가니까. 관심 있게 듣지도 않았지만, 여러 사람이 보는 데에서 누나를 편들기가 싫었다. 다른 이들이 형제끼리 짰고 까분다고 생각할까 봐 두렵기도 했다. 그래서 나는 사실대로, 자세히 듣지 않았다고 말했다.

나의 대답은 물론 누나한테 도움이 되지 않았지만 결코 손해가 되지도 않았다. 누나의 기세는 조금도 꺾이지 않았다. 증인답지 못한 증인의 말은 없었던 거나 마찬가지로 치고, 계속해서 거기서 두 마를 끊어내고 팔면 되잖느냐고 되풀이하는 게 부끄럽고 창피했다. 그러면 남는 오라기는 어떻게 팔란 말이냐, 서로 조금씩 양보를 해서 일곱 마 값으로 하면 어떠냐고 사정하다시피 말하는 포목점 주인이 나중에는 안쓰럽기까지 했다.

짐을 들고 끙끙대는 건 생각해주지도 않고, 다른 이들이 힐끔거리는 것도 아랑곳없이, 누나는 버스 속에서 퍼부어댔다. 네가 그렇게 말한다고 남들이 공평하다고 할 줄 알았느냐, 어차피 주인 편을 안 들면 내 편을 들게 되어 있는데, 따지고 보면 자세히 안 들었다는 말도 내 편을 드는 걸로 알아듣게 되어 있는데, 그리고 내가 너더러 물었을 때는 다 계산이 있어서 그런 건데, 고깟것 하나 판단을 못하니 도대체 너는 어떻게 된 애냐. 누나가 다른 사람들하고 맞서 있는데, 세상에 원 남이라도 그렇게 무심하고 천연덕스럽지는 않겠다.

누나 말은 알아들었다. 내가 미처 생각지 못했던 점이 있는 건 사실이다. 하지만 그런 일이 다시 벌어진대도 누나의 장단을 맞춰주고 싶지는 않다. 잘못이 누구한테 있었는지, 정말 포목점 주인이 실수를 했는지 알 수 없지만, 누나는 너무 단순하고 자신에 차 있다. 누나는 내가 멍청하도록 단순한 것처럼 생각할 테지만, 정작 단순한 건 누나가 아닐까? 옷감 한 조각을 두고도 우기고 밀어붙이기만 하니까. 누나가 가진 무기를 모든 사람이 다 갖고 있으면, 그리고 다들 그 무기의 위력을 누나처럼 자신하고 있으면 세상이 이상해질 것 같다. 어떻게 이상해질지는 잘 짐작이 가지도 않고, 누나와 입다툼하고 싶지도 않아서 묵묵히 있었다. 나하고까지 싸우게 되면 누나의 결혼 준비는 싸움의 연속이 되고 말 테니까.

누나는 또 내가 자기를 무시한다고 생각했겠지. 피곤한 날이다. 종일토록 구름장만 가득했다.

·6월 9일··

해가 지고 달이 없어도 구름은 늘 하늘에 떠 있다. 구름 한 점 없이 맑은 하늘이란 다름 아니라 구름과 구름 사이의 하늘을 가리키는 말이다.

날이 흐려서 그림자가 잘 지지 않는 날이 있다. 그건 모두가, 완전히, 아주 오랫동안, 구름 그림자 속에 들어 있는 날이다. 그런데 오히려 그런 날일수록 사람들은 더욱 구름 그림자를 잊어버린다. 구름 그림자가 천만 번도 더 다닌 길로 다니고 또 그 길 위에서 살고 있으면서.

구름 하나가 지나간 자리에 다른 구름이 자리 잡는다. 마음속에서 하나의 생각이 사라진 자리에 다른 상념이 자리 잡듯이. 구름을 움직이는 건 바람이다. 마음을 움직이는 건 무엇일까? 어느 구름도 한자리에 머무를 수 없다면, 마음도 한곳에만 머무를 수는 없겠지. 그런데 결혼 날을 잡은 뒤부터 누나는 왜 자꾸 나를 물끄러미 바라보곤 하는 걸까. 나는 왜 구름 그림자 생각을 되풀이하고, 하루라도 순석이한테 편지를 안 쓰면 마음이 편치 않을까. 마음을 움직이는 건 무얼까?

·6월 11일··

점심시간에 순석이에게 편지를 썼다. 생각보다 길어져서 무슨 말로 끝낼까 궁리하고 있는 사이에 시간이 거진 되었는지 아이들이 많이 들어와 있었다. 동철이가 어느새 어깨너머로 내 편지를 훔쳐

보고 있었다. 왜 그랬는지는 모르겠지만, 나는 슬그머니 편지를 가렸다. 동철이는 그냥 넘어가지 않았다. 내가 순석이와 그렇게 친한 줄 몰랐다고 했다. 그 말투가 꼭 순석이하고 친하려면 자기의 허락을 받아야 한다는 것 같아서, 너도 알다시피 중 3 때 같은 반이었지 않으냐, 친한 게 뭐 이상하냐고 묻지 않을 수 없었다. 동철이의 말은, 자기가 알기로는 그저 같은 반이었을 뿐이고 유달리 친하지도 않았던 성싶은데, 게다가 할 말이 있으면 전화를 하면 될 텐데, 그렇게 편지를 쓰는 게 좀 우습지 않으냐 이거다. 녀석의 유들유들한 얼굴에 대고 왜 남의 편지는 훔쳐보며 순석이와 나 사이를 네 마음대로 단정짓느냐고 따지고 싶었지만, 얼굴이 막 확확 달아오르고 다른 애들이 힐끔거려서 머뭇거리는 사이에 종이 울렸다.

종이 울리기를 잘했다. 그런 경우에 시원스레 대거리를 해본 적이 없으니까. 그렇지만 학교에 다니지 못하는 애한테 다니는 애가 편지를 하면 마음이 상하지 않겠느냐는 말만은 분명하게 대꾸를 해줬어야 했다. 몸이 약한 데다 집도 가난하고, 누구한테나 똑똑하다는 소리를 듣던 애가 막상 시험에는 실패해서 충격 속에 빠져 있는데, 그런 친구를 그냥 혼자 놔두는 게 과연 잘하는 짓인가.

·6월 12일..

집에 오니 자형 될 사람이 누나 방에 앉아 있었다. 누나는 시장엘

갔다고 했다. 전에 누나 가게에서 몇 번 본 적이 있어서 낯설지는 않았다. 하지만 러닝셔츠 바람으로 앉아 있는 게 거슬렸다.

내가 숙제를 시작하려고 하는데 자형이 내 방으로 왔다. 자형은 체격이 크고 알통도 꽤 나왔다. 처남, 처남 하면서 빙글빙글 웃는 게 왠지 기분이 좋지 않았다. 처남은 책 읽기를 좋아한다는데 선생이 될 거냐, 나는 글이나 책이라면 질색이니 앞으로 처남 덕을 좀 봐야 되겠다, 하지만 몸이 약해 보이니까 운동에도 신경을 써야 되지 않겠느냐 등등의 말을 쏟아놓았다. 자형은 말하기를 좋아하는 것 같았다. 그렇게 둘이만 마주앉아 얘기를 나누는 게 처음이라 어색한 데다 하는 말들이 마음에 안 들어서, 나는 형식적으로만 대꾸하며 가만히 관찰하였다.

한마디로 자형은 누나와 비슷한 사람이었다. 그래서 다소 안심이 되면서도 내 주위에는 왜 이런 사람들뿐인가 싶어 한심해지기도 하였다. 얼마 안 있어 누나가 돌아와 다행이었다. 그런데 화장실에 가다가 자형과 누나가 주고받는 말을 저절로 엿듣고는 화장실엔 들어가지도 않고 방으로 돌아와버렸다. 알고 보니 내가 자형을 관찰한 게 아니라 자형이 나를 관찰하고 있었다. 내가 예절을 무시하고, 따지기 좋아하고, 공부나 건강에는 관심이 적으며, 세상을 내려다보는 버릇이 있다는 거였다. 더욱 마음에 안 드는 것은 누나의 대꾸였다. 자기가 참 잘 본 것 같다, 2학년이 되더니 부쩍 내 말을 안 탄다, 앞으로 형님 노릇 좀 톡톡히 해서 제 앞가림이라도 하게 해달라.

누나는 또 그 앞가림 타령이고, 자형은 음흉하기까지 한 사람이다. 자기부터 예절을 안 지켰고, 책은 질색인 사람이 은근히 알통 따위나 뽐내면서 고작 한다는 말이…… 내가 세상을 내려다본다? 구름 위에서 본다? 그 말만은 어찌 보면 그럴듯하다. 구름 생각을 많이 하니까. 하지만 나는 내가 남보다 잘났다고 생각하지 않는다. 자형을 관찰하면서 자형한테 관찰당했듯이, 남의 그림자를 밟으려다가 제 그림자를 밟히기나 하는 녀석이니까.

·6월 14일·.

　오후 내내 가게를 보았다. 누나의 지시를 어길 수 없어서. 누나의 결혼 준비를 도울 사람은 그래도 나밖에 없으므로. 토요일이라 손님은 많은데 막상 장사를 하던 사람은 물건 사러 나가고 엉뚱한 내가 팔고 있으려니 좀 이상했다. 이상한 걸로 치면 손님들이 더 이상했을 거다. 앙증맞고 알록달록한 물건들투성이인 선물 가게에 정가표를 읽을 줄밖에 모르는 남자애가 앉아 있었으니 말이다.

　아주 몰랐던 건 아니지만, 정말 선물 가게를 드나드는 사람들은 거의가 여자, 그것도 여학생들이었다. 애당초 자리나 지킬 작정으로 누나의 말에 따랐으니까 파는 데는 신경을 쓰지 않았다. 그런데도 말할 수 없이 피곤했고 긴장의 연속이었다. 누나가 예상보다 늦어져서 신경질이 나기 시작했을 때, 문득 이런 의문이 들었다. 나는 왜 이렇게 긴장하고 있나? 나머지 시간 동안에 찾은 해답은 다음과 같다. 이거야말로 꼭 적어두어야 한다.

선물감을 사러 온 여학생들은 나를 흔히 보는 점원, 그게 남자건 여자건 별로 관심둘 필요 없는 점원 정도로 생각했겠지만, 나는 그들을 여자, 더 따져보면 여학생, 그것도 누군가한테 주려고 마음에 드는 물건을 열심히 찾고 있는 소녀로 생각하고 있었기 때문이다('소녀'라는 말, 어쩐지 좀 간지럽고 거짓된 것 같아서 싫어해온 그 말을 쓰지 않을 수 없다). 그러니까 그들은 나를 점원으로 보고 있는데, 나는 그들을 손님으로 보지 않은 거다. 나는 나도 모르는 사이에 하나둘도 아닌 그들에게 엄청난 관심을 쏟고 있었던 거다. 상상의 뭉게구름을 잔뜩 일으켜 가지고 그 '소녀'들의 머리 위에다가, 천사나 요정의 머리 주위에 있는 신비한 빛덩어리 모양으로, 앙증맞고 알록달록한 구름을 한 덩이씩 나누어주고 있었으니 기운이 다 빠져버릴 수밖에.

누나한테는 좀 안된 소리지만, 나는 전부터 선물이나 그걸 파는 가게를 못마땅하게 여겨왔다. 꼭 무슨 물건을 주고받아야 사람이 더 가까워진다고 믿는 풍습도 우습고, 그 물건이라는 게 몽땅 서양 것을 본뜬 것들이라 그랬다. 서양 얼굴에 서양 옷을 입은 인형이나 서양식 생활에 걸맞게 만들어진 물건들을 사다가 한국 사람에게 준다? 그걸 받는 사람은 또 아주 아주 기뻐한다? 서양 귀신에 단단히 홀리지 않고는 그러기 어려울 거다.

그런 물건을 사러 몰려다니는 그런 애들의 머리 위에다 나는 한나절 내내 긴장된 손으로 신비로운 구름, 앙증맞고 알록달록한 구름 선물들을 얹어준 것이다. 그야말로 신비로운 구름이다. 몽롱하고 쓸모없기 짝이 없는 구름이다.

'소녀'는 몽롱한 구름을 일으킨다. 아니 몽롱한 구름이다.

6월 15일.

담임선생님께서 부르셨다. 점수가 또 많이 내려갔는가 했더니 그게 아니었다. '질서를 지키자'라는 제목으로 글을 지어오라는 지시였다. 모든 학생이 짓게 해서 좋은 걸 한 편 뽑게 되어 있지만 그러면 수업에 지장이 있으니까, 그리고 네가 글을 잘 지으니까 너만 지어오라는 말씀이었다. 대표로 쓰는 거니까 잘 써야 되고 학교 전체에서 뽑히게 되면 상도 탄다고 덧붙였다. 그런 글은 짓기가 싫어서 잘 쓸 줄 모른다고 대답했다. 선생님은 당신이 잘 짓는다고 하면 잘 짓는 거라고 잘라서 말씀하셨다. 중학교 때에도 반공정신이니 물자절약 따위를 갖고 반 대표로 억지글을 짓느라 여러 번 곤욕을 치렀으므로 어떻게든 일을 떠맡고 싶지 않았다. 그래서 이 핑계 저 핑계 대다가 나중에는, 그러면 다른 제목으로 지으면 안 되느냐는 선으로 후퇴하였다. 선생님의 대답은, 그걸로 지으라고 한 번 했으면 그만이지 웬 말이 많으냐는 것이었다. 그때 느닷없이 이런 말이 튀어나왔다. 모든 학생이 짓게 해서 좋은 글을 한 편 뽑게 되어 있으면, 그렇게 하는 게 질서를 지키는 것 아닙니까?

24

그 대답은 따귀 한 대였다. 그리고 호통. 좌우간 내일까지 써와라. 그러면 질서가 뭔지 배우게 될 거다.

누가 이런 질서를 세웠을까? 질서를 지키자는 글을 상까지 내걸면서 억지로 쓰게 하면 질서가 잘 잡힌다고 믿는 질서. 학생들한테 그렇게 시키라고 하면 물불 안 가리고 그대로 시키는 질서. 글을 짓는 건 수업이 아니고 교과서의 글을 읽어 외우는 것만이 수업인 질서. '아니요'는 대답이 아니고 '예'만이 대답인 질서. 그런 질서들의 질서. 그런 질서의 질서의 질서.

비가 오다가 그쳤다. 보름달 뜬 하늘이 새파랗다. 작고 연약해 뵈는 구름 한 점이 꼼짝도 하지 않고 전선에 걸려 있다. 밤새도록 움직이지 못할 것 같다. 나도 내일까지는 질서가 뭔지 배우게 될 것 같지 않다. 적어도 내일까지는 도저히. 저 구름의 그림자 속에서는 지금 누가 곤히 잠자고 있겠지.

•6월 16일•.

결혼 뒤에도 함께 살 거라고 누나가 말했다. 저녁 먹은 뒤에 나를 불러 앉혀놓고 심각한 표정으로 한 얘기다. 집주인한테 나가겠다는 말을 할 예정인데, 그전에 너한테 일러두는 것이니까 그리 알고 있으라고 했다. 자형과 함께 살 집에 나를 데리고 가겠다는 거다. 얼떨떨했다. 우선 그러는 게 누나한테 별로 좋지 않을 것 같았다. 하지만 누나의 대답은 자형과도 얘기가 다 끝났으니 마음 놓으라는 것이었다. 그 말을 듣자 안심은커녕 화가 치밀었다. 도대체 나하고 는 의논도 하지 않고 그렇게 자기들끼리 결정해버릴 수 있느냐고 대들었다. 누나는 아주 싸우기로 작정한 모양이었다. 처음부터 끝까지, 목소리를 착 깔고, 이게 다 너를 위한 일이며, 너는 아직 어리니까 내가 하는 대로 따르는 게 잘하는 일이라고 했다. 내가 아무리 흥분해도 꼼짝달싹하지 않았다. 나 혼자 살 거니까 그리 알라는 말을 내던지고 뛰쳐나올 수밖에 없었다.

누나는 잘못 생각하고 있다. 이건 싸워서 이기고 질 문제가 아니다. 같이 가서 살 사람은 바로 나인데, 내 의견은 아예 무시하고 드니 기가 막힌다. 내가 어리고 제 앞가림할 주변머리가 없으니까 계속 같이 살아야 한다는 누나의 생각에도 일리가 있다. 당장에 밥신세를 지지 않을 수 없으니까. 하지만 돈이나 밥, 빨래 같은 것만 중요할까? 그렇지 않다. 그런 것은 좀 엉망이 되더라도 다른 더 중요한 것을 위해서는 혼자 살아야 한다.

누나는 물었다. 더 중요한 게 뭐냐고. 나는 얼른 대답할 수 없었지만, 그런 게 확실히 있다고, 누나는 잘 모를 거라고 했다. 그거 보라는 듯이, 정말 철이 없다는 듯이 누나는 웃었다. 그리고 얄밉도록 가만가만 말했다. 내가 잘 모르는 게 있다고 치자. 그러면 너는 잘 알고 있냐? 잘 알지도 못하는 것 때문에 당장 먹고 입는 게 문제인 애가 혼자 살아야 되겠니? 물론 내가 때때로 와서 봐주기는 하겠지. 그건 그런다 치더라도, 너를 깨우치고 인도해줄 사람이 문제다. 길 가는 사람을 막고 물어봐라. 네 나이에 혼자 지내면 나쁜 길로 빠지기 십상이라고 누구나 그럴 테니까.

깨우치고 인도한다…… 누나는 정말 모르고 있다. 너무나 오랫동안 돈 벌고 밥하고 빨래하는 데만 파묻혀온 까닭에 세상일이라면 그것밖에 보이는 게 없다. 다른 것은 고사하고 자기 자신조차 잘 볼 수 없게 되고 말았다. 누나 자신은 언제 누가 인도해주어서 그렇게 컸나? 그리고 나는, 자기가 키우다시피 했다고 해서 아예 자기의 선물 가게나 마찬가지로 생각해도 되는 것인가?

나는 누나의 자랑스런 재산인 선물 가게도 아니고 그곳의 못난이 인형도 아니다. 누나처럼 나도 혼자 생활을 꾸려갈 수 있다. 누나하고는 다른 방법으로, 다른 세계에서. 누나는 누나의 구름 밑에서, 그게 어떨지는 잘 몰라도, 제발 나는 나의 구름 밑에서. 실구름·새털구름·뭉게구름·비늘구름.

·6월 17일..

지시대로 글을 써다 냈는데도 선생님은 화를 내셨다. 하루 늦어서 그런 것 같지도 않았다. 뺨을 맞았대서 불손한 태도를 보인 성싶지도 않은데, 선생님은 얼굴을 잔뜩 찌푸린 채 내 글을 아무렇게나 책상에 던지면서, 너는 요새 무엇에 정신을 쏟고 있느냐고 물었다. 뭐 돈 걷는 것을 제때 안 낸 적이 있나 생각해봐도 떠오르는 게 없어 가만히 서 있으려니까 선생님은, 내 말이 말 같지 않으냐며 역정을 냈다. 나는 할 수 없이 떠오르는 대로 요새 구름 그림자 생각을 자주 한다고 말했다. 구름 그림자? 네가 말 잘하는 건 알지만, 그게 무슨 뚱딴지같은 소리냐? 하셨다. 물었으니 얼른 대답은 해야겠는데 어떻게 말해야 좋을지 알 수 없어서 우물쭈물하고 있었다. 나는 머리를 긁적이며 웃을 수밖에 없었다. 그런데 선생님은 내가 당신을 놀리는 줄로 여기시는 모양이었다. 그런 생각이 들자 당황스러워서 더욱 말이 나오지 않았다. 사람들이 구름의 그림자를 잊고 사느니 어쩌니 하게 되면 정말 큰 오해가 생길지도 몰라서, 요새 누나하고 냉전 상태라 거기에 정신을 쏟고 있다고 바꾸어 말해볼까 하는 생각도 했지만, 이미 늦은 데다 또 선생님이 요구하는 대답도 못 될 것 같았다.

선생님은 잠시 외면하고 있다가 가보라고 하셨다. 선생님이 나한테 무엇을 물으셨는지, 그 말씀이 무슨 뜻이며 어떤 대답을 요구한 물음이었는지 여쭤보고 싶었지만 그냥 교실로 돌아오고 말았다. 긴장이 되고 답답해서 속옷이 등짝에 들러붙은 채.

지금 이렇게 남의 얘기 하듯이 낮에 있었던 일을 적고 있는 동안에도 그 의문은 사라지지 않는다. 선생님은 왜 그런 말씀을 하셨을까? 내가 정신 나간 사람처럼 보였나? 중간고사 성적이 형편없기 때문일까? 도대체 선생님은 왜 그렇게 화부터 냈으며, 끝내 이런 의문 속에 나를 빠뜨려놓은 것일까?

구름 그림자에 대한 생각이 그렇게 쓸모없는 건 아닐 거다. 적어도 내가 '뚱딴지같은' 짓을 하고 있지는 않다. 어떻게든 설명을 했어야 한다. 왠지 지금은 할 수 있을 것 같다. 딱한 노릇이다. 혼자 있을 때는 이러면서 선생님 앞에서는 정반대였으니.

그렇다. 사소한 것 같아도 거기에 어떤 열쇠가 있는지도 모른다. 오늘 동철이가 물었다. 순석이한테 답장은 받았느냐고. 분명히 나를 조롱하는 투였다. 대거리할 필요를 느끼지 않아서 한 번 째려보고는 가만히 있었다. 그런데 동철이는 되레 화를 내며 말하기를, 나는 그저 궁금해서 물었다, 말 그대로 답장 받았냐는 뜻이었다, 생각해서 한 소린데 그건 몰라주고 거만을 떠느냐⋯⋯

구름 피우지 마라. 구름 속으로 싹 숨어버리지 마라. 구름 속에서 큰소리만 쳐대지 마라! 그래도 그 그림자까지 감출 수는 없다. 바람이 불면, 내가 바람을 일으키면, 그때는 몽땅 다 폭로되고 말 거다.

·6월 18일.·

순석에게

순석아. 늘 그랬듯이, 볼펜을 잡고 먼저 네 이름을 불러본다. 이름을 부르면 네가 한층 가까이 있고 고개를 돌려 나를 보며 웃고 있는 듯이 느껴지기 때문이다.

순석아. 오늘 누나가 주인한테 이 집을 나가겠다고 하였다. 아래층 아주머니의 말로는 벌써 세를 얻으려는 사람이 보러 왔었다고 한다. 자세히 말하자면 길다. 누나가 시집을 가는데 나까지 함께 가기를 고집하고 있는 것이다. 내가 이런 시시콜콜한 이야기를 썼던 적은 별로 없는 것 같다. 하지만 오늘은 쓰지 않을 수가 없구나. 장마철의 먹구름처럼 그 문제가 나를 짜누르고 있어서 말이다.

나는 누나가 들어오기를 기다려 따졌다. 나는 누나의 부속품도 아니고 누나 마음대로 해도 되는 물건이 아니니까, 입장을 좀 바꿔서 생각해보라고. 나는 나를 주장하였다. 더 이상 밀리고 오해당할 수 없다는 심정, 누나와의 사이에서 일어나는 이런 일까지 가만히 있다가 뜻하고 다르게 되어버리고 말면, 앞으로 그 누구한테도 이해받기 어렵다는 위기감 같은 게 내 속에 가득 차 있었다.

누나는 했던 말들을 곱씹었다. 왜 그런 때에 윗사람들이 하는 그렇고 그런 말들, 너도 귀가 따갑게 들었지 않니? 누나는 나의 앞길에 온갖 구렁텅이를 파가면서 자기와 자형이 곁에 있어야 사람 꼴이 되고, 나한테 이로우면 이로웠지 해될 건 조금치도 없으니까 싫은 마음이 있어도 함께 사는 게 현명하며, 설사 혼자 사는 게 이점이 다소 있다고 해도 남들 눈에 이상하게 보일 짓은 처음부터 하지 않는 게 상식이니까, 누나 체면을 봐서라도 함께 이사를 해야 한다고 하였다.

순석아. 나는 물러서지 않았다. 그리고 참말로 일생 최대의 노력을 기울여 내 생각을 설명함으로써 누나를 설득하려고 했다. 아니 누나와 싸워서 이기려고 했다. 내 주장은 이렇다 ─ 나는 누가 뭐래도 나대로 살고 싶다. 누구한테 손해를 입히거나 부담을 주고 싶지도 않지만, 누구에게 끌려다니거나 보호받고 싶지도 않다. 그러니 나를 좀 가만히 놔두어달라. 내가 따라가게 되면 아무래도 누나는 자형 눈치를 보게 될 거고, 나도 마찬가지다. 그런 게 신경이 쓰이기도 하지만, 좌우간 혼자 살아야 생각도 잘되고 이것저것 관찰도 잘할 수 있을 것 같다. 누나는 앞가림 앞가림 하는데, 혼자 살아봐야 일찌감치 앞가림하는 힘도 기를 수 있지 않겠느냐. 앞가림이라는 게 자기가 자기의 주인이 되는 거 아니겠느냐. 그런 힘을 기르려면 자유가 있어야 한다. 누나는 잘 모르겠지만, 이 세상에는 가치 있는 게 여러 가지가 있다. 그건 사람마다 다르다.

순석아. 결말이 어떻게 났는지 궁금하지 않니? 그런데 일이 좀 묘하게 되어서 조리 있게 설명할 자신이 없다. 왜냐하면 누나의 눈물로 끝났기 때문이다. 누나는 내가 끝까지 버티니까 와락 울음을 터뜨렸다. 그리고 아주 슬프게 울었다. 나는 누나가 우는 걸 처음 보았다. 게다가 그토록 슬프게, 세상에 누가 온대도 달랠 수 없을 것처럼 구슬프게 우는 바람에 내 입은 얼어붙고 말았다.

순석아. 누나는 나한테 어머니, 아니 부모나 다름없다. 그래서 나는 늘 복종하고 따르려고 나름대로 애써왔다. 누나는 나를 위해서, 어쩌면 나 때문에 산다고까지 생각하면서, 좋은 동생이 되겠다고 결심한 적도 있다. 그런데 누나가 방구석에 머리를 처박고 우는 모습을 보면서 나는, 사실은 내가 누나를 위해서, 누나 때문에 내가 살아온 게 아닌가 하는 생각이 문득 들었다. 누나는 나를 위한다고 하면서 자기를 위하고 있었고, 계속해서 그러고 싶은 것이다. 이 얼마나 이상스런 일이냐? 누나는 나 때문에 산다—이 말은 누나가 나를 위해서 산다는 말도 되지만, 내가 없으면 누나는 살아가기가 힘들다는 말도 되는 것이다.

남들은, 어쩌면 너까지도, 무슨 배은망덕하고 철딱서니 없는 소리냐고 꾸짖을지 모르겠다. 그럴 수도 있겠지. 하지만 그렇다고 해서 내 생각이 눈곱만큼의 의미도 없다고 단정하지는 말아다오. 그 눈곱이 알고 보면 바윗덩어리일지도 모른다.

순석아. 전에 내가 구름 그림자 얘기를 했던 게 기억나니? 대부분의 사람들이 그걸 잊고 산다고 했었지. 아주 비난조로 말이야. 사과를 할 수도 없고 위로를 할 수도 없어서 멍청히 있다가 누나가 자기 방으로 돌아가는 것을 보며 나는 생각을 좀 고쳤다. 누나가 고집스럽게 들어앉아 있는 구름 그림자가 누나로서는 어쩔 수 없이 붙잡은 거고, 또 누나라는 사람은 그 속에 있지 않고서는 살아가기 어렵다면, 그러는 걸 무작정 비난할 수는 없으니까 말이다. 누나에 대한 생각도 좀 고치지 않을 수 없었다. 나는 누나라는 사람을 누구보다 잘 안다고 생각해왔는데 그게 아니었던 것 같다.

순석아. 밤이 아주 깊었다. 나는 너무 지쳤다. 그렇지만 생각을 정리할 겸 네게 편지를 쓰지 않을 수 없었다. 이런 잡다한 이야기를 쓸 참이어서 애초에 편지지에 쓰지 않고 일기장에 썼다. 이 종이를 떼어내서 너한테 보낼지 말지 모르겠다.

그럼 오늘은 이만. 잘 자거라. 그리고 힘을 내라. 너를 네가 붙들어라. 붙들 수 있는 데까지는. 가끔은 답장도 좀 하고.

—아주 캄캄한 밤에, 선재 씀

·6월 20일·.

고모님 댁엘 다녀왔다. 가서 주는 걸 받아오라는 누나의 심부름
이었다. 그 집은 더 으리으리해졌다. 뜰에 수영장까지 파놓았다. 작
년에는 없던 것이다.

왜 그 집에만 가면 가슴이 답답할까? 그렇게 없는 것 없이 갖춰놓
았는데 나는 왜 자꾸 무언가 중요한 게 빠졌다는 느낌이 들까? 고모
가 준 것은 돈이 두둑이 든 봉투였다. 말하자면 누나의 결혼 부조금
인데, 나는 그 봉투에도 무언가 빠졌다는 느낌을 지울 수 없었다.

일어서려는 나를 잡아 앉혀놓고 고모는 자꾸 같은 소리를 되풀이
했다. 누나 말을 잘 들으라는 것이다. 분명히 고모는 누나한테 무슨
소리를 들었고, 거기다가 당신의 생각까지 보태 가지고 나를 바라
보고 있었다. 나는 완전히 작전에 말려들어 포위된 기분이 들었지
만 고모가 생각하는 내가 어떤 사람일까 궁금해서 끝까지 얌전하게
앉아 있었다. 고모는 말했다. 너는 부모도 없고 재산도 없고, 그래
서 또 이렇다 할 '빽'도 없으니까, 앞으로는 네 자형한테 매달려야
한다. 좀 싫은 일도 있고 자존심 상하는 일도 생기겠지만 그런 건
아무것도 아니다. 네가 세상을 몰라서 지금은 내 말이 귀에 들어가

지 않을 거다. 그러나 십 년쯤 지나서 돌이켜보면 내 말이 옳았다는
걸 알게 될 거다.

 고모가 보는 나는 거지다. 고모는 동생 거지를 통해 누나 거지한
테 돈을 준 셈이다. 나는 고모가 밉다기보다 한심하고 한편으로는
재미있었다. 고모의 세상에는 부자하고 부자가 못 된 사람 두 종류
가 있을 뿐이다. 고모네 형과 누나가 자기 어머니를 건성으로 대한
다는 소리를 들은 적이 있는데, 왜 그러는지 짐작이 갔다. 나는 아
주 착한 조카가 되어서 예예 그래야지요를 이마에 써 붙이고 있었다.

 그 집에서 나올 때 수영장에 비친 구름이 멋있어서 물끄러미 보
고 있으려니까 고모는 그걸 만드느라 얼마가 들었네, 이 동네에는
우리 집밖에 없네 하는 소리들을 늘어놓았다. 나는 더 크게 만들었
더라면 좋았겠다고 했다. 네가 비용 얘기를 듣고도 그러느냐는 말
을 중간에서 끊으며, 더 넓었더라면 구름이 더 멋있게 비칠 텐데 참
아섭다고 그랬다.

 돌아오는 길에 최루탄 가스를 마셨다. 땡볕 속에서 한쪽은 돌을
던지고 다른 쪽은 최루탄을 쏘았다. 꼭 전쟁을 하는 것 같았다. 말
로는 안 되는 게 참 많은 모양이다. 고모 앞에서는 어쩔 수 없이 줄
곧 예예 했지만, 나도 언젠가는 누구에게 돌을 던지지 않을 수 없게
되고 말까? 고모 같은 이들 위에 떠 있는 구름을 걷어내기 위해서?
내 구름의 그림자 속으로 그들을 끌어들이기 위해서? 아주 하늘에
서 구름을 싹 없애기 위해서?

·6월 21일.·

나타나엘이여, 그대를 닮은 것 옆에 머무르지 말라. 결코 머무르지 말라. 나타나엘이여, 주위가 그대와 흡사하게 되면, 또는 그대가 주위를 닮게 되면, 거기에는 이미 그대에게 이로울 만한 것이 없다. 그곳을 떠나야만 한다. '너의' 집안, '너의' 방, '너의' 과거보다 더 너에게 위험한 것은 없다…… (앙드레 지드, 『지상의 양식』)

누나하고 오래 살았으니까, 나도 누나를 닮은 데가 있을 것이다. 그게 뭘까? 내가 버려야 할 것들 속에 파묻혀 있는, '나의' 과거 속에 뿌리박힌 그게 무얼까? 그것만큼 위험한 것은 없다고? 그렇게 위험한 것도 분명치 않은 마당에, 나는 또 어디로 떠나려는 것일까? 떠나지 않을 때의 위험, 떠났을 때의 위험. 내가 가려는 길이 어디로 뻗었는지, 나는 정말 알고 있나?

·6월 22일.·

오늘이 하지다. 누나가 결혼식을 올렸다.

참말 놀란 게 많다. 우선 누나의 치장이다. 미용실에서 거진 한나절을 보내고 나타난 누나의 모습은 딴사람 같았다. 완전히 그려서 만들었다. 그렇게 해놓으니까 제법 예뻐 보이기는 했지만 나는 징

그럽기부터 했다.

그 다음이 더 문제다. 결혼식이라고 하면 무척 성스러워야 하는 걸로 막연히 생각하고 있었다. 그런데 이건 아주 시장 바닥이었다. 벌떡 일어서서 제발 좀 조용히 하라고 고함치고 싶은 것을 간신히 참고 있었다. 그러다가 뒤에서 아기 우는 소리가 나길래 돌아보며 눈을 흘겼다. 아기는 더 크게 울었는데, 알고 보니 먼 친척 되는 아주머니의 아기였다. 그 아주머니는 결혼식이란 좀 떠들썩해야 맛이 나는 거라고 커다랗게 말했다. 어처구니가 없었지만 다들 떠들어대니까 나중에는 진짜 그런가 싶기도 했다.

정말 가관인 것은 폐백이었다. 결혼식은 서양식인 것 같은데 이건 한식이었다. 누나가 돈이 잔뜩 든 핸드백을 맡기며 꼭 옆에 붙어 있으라고 하지 않았더라면 나는 얼쩡거리지도 않았을 것이다. 신부복을 벗고 한복을 서둘러 걸친 다음 예식장 종업원의 시간 재촉을 받으며 그렇게 앞뒤 안 맞는 형식을 차려야 한다는 게 우스울 따름이었다. 이건 쇼다. 왜 그래야 하는지 생각도 안 하는 사람들이 벌이는 우스꽝스런 쇼다. 나는 속으로 그렇게 중얼거리면서 참을 수밖에 없었다. 친척 아주머니식으로, 결혼식이란 좀 쇼 같아야 맛이 난다고 고쳐서 생각하려 해도 그렇게 되지 않았다.

어쩌면 제일 놀라운 것은 누나의 행동이다. 신혼여행을 떠나기 직전 그 북새통 속에서 누나는 나를 붙잡고 말했다. 어디에 뭐가 있으니 끼니를 거르지 말라고 어제 한 소리를 되풀이했다. 나는 속이 좀 찡했다. 그러고서 누나는 불쑥, 너 보증금 빠질 때까지만 혼자 살고 그 뒤엔 나하고 살 거지? 했다. 대단하다. 누나는 정말 대단한 싸움꾼이다. 자리가 자리인 만큼, 나는 어쩔 수 없었다. 그래서 쑥스러운 웃음만 짓고 말았다. 누나는 나한테 결혼 선물을 받아낸 셈이다. 내 항복을, 자유를, 몸뚱어리 전체를.

놀라운 일들이 왜 이렇게 많을까? 나는 왜 번번이 싸움에 지기만 할까? 누나가 떠들었던 것도 아닌데, 누나가 없으니까 무척 조용하다. 늘 이렇게 가만히 혼자 있었으면 좋겠다. 그게 그토록 이루기 힘든 것일까? 어렵고 위험한 것일까?

오늘이 하지니까 일 년 중에 해가 가장 긴 날이다. 그러면 구름도 제일 오래 볼 수 있는 날인 셈인가? 땅 위의 것들이 가장 오랫동안 구름 그림자에 부대끼는 날, 나는 정말 혼자가 되었는데, 몸은 솜뭉치 같고 잠만 쏟아진다.

·6월 23일··

여름이 깊어간다. 길고 긴 낮 동안 나무들이 왕성하게 자란다.

장마철이 다가온다. 구름의 이동이 분주해진다. 햇살이 강렬하니까 구름의 모습도 구름 그림자도 모두 선명하고 아름답다.

철봉 옆 잔디밭에 누워 오랫동안 하늘을 보았다. 정말 멋있었다. 양떼 같은 구름 하나하나가 다 예뻤다. 역시 하늘에는 구름이 있어야 한다. 그게 하늘이다. 모든 구름이 자유롭게 떠다니는 하늘.

교정의 나무들을 구름 그림자가 핥고 지나가는 것도 보았다. 솔개처럼 빨랐다. 그림자 속에 들었을 때에도 나무는 자랄까? 아마 그럴 것이다.

시를 짓고 싶다. 시만 적는 공책을 따로 마련해야겠다.

·6월 24일.·

순석이한테서 처음으로 답장이 왔다. 이 편지 때문에 얼마 동안은 아무 일도 할 수 없을 것 같다.

순석이 편지를 여기다 붙여놓고서, 생각이 정리될 때까지 몇 번이고 읽기로 한다.

선재에게

먼저 나한테 많은 편지를 보내준 것에 대해 고맙다는 말을 적겠어. 그러나 내가 오늘 이렇게 못 쓰는 편지를 쓰는 것은 더 이상 편지를 하지 말아달라는 부탁을 하기 위해서야. 나하고 너는 사실 별로 친하지도 않았잖냐? 내가 시험에 떨어졌대서 그러는 모양인데, 네가 편지에 시험 같은 건 아무것도 아니라고 그러면 그럴수록 나는 더 시험 생각을 하게 되더라. 그런 소리를 자꾸 하는 걸 보면 너도 말하고는 반대인 것 같고.

사실은 네가 편지에 쓴 말들을 나는 잘 이해할 수 없었어. 특히 구름 그림자에 관한 얘기들이 그래. 솔직히 나는 그런 것에 신경 쓸 여유가 없어. 물론 하늘에 구름이 있으면 땅에 구름 그림자가 생기겠지만, 나는 실패의 쓴맛을 본 사람이란 말이야. 내가 한마디 해보겠는데, 너도 조심해라. 대학 입시 준비를 시작해야 할 애가 그렇게 하늘만 보고 다니다가는 돌에 걸려 자빠지기 쉽다구. 현실에서 패배해 보면 너도 내 심정을 알 거다.

　열등감 때문에 이런대도 할 말이 없어. 요새는 나도 내가 누군지 잘 모르겠으니까. 어쨌든 편지는 그만해라. 솔직히 말해서, 내가 너 같은 애들과 다른 길을 가는 걸 너도 좀 이상하게 보는 것 같던데, 그게 마음에 걸려. 누가 뭐라든 나는 내가 택한 길을 가고 말겠어.

　답장 한 번 없다가 겨우 이런 편지나 보내서 미안해. 그러나 나도 좀 네 흉내를 내서 따져보자면, 네 편지는 편지라기보다 일기, 명상록, 뭐 그런 것 같더라. 나 아닌 사람이 받아도 괜찮을 그런 내용이란 말이지. 그러니 나한테는 이제 그만 보내달라고 해도 크게 기분 나쁘지는 않을 거라는 생각이 들어. 그래서 해보는 소린데, 나같이 둔한 놈은 영 이해되지 않는 게 있다. 별로 친하지도 않고, 답장 한 통도 없는데, 그런 명상록 같은 편지를 너는 왜 그렇게 열심히 써서 보냈지?

「허생전」을 배우는 시간

7월 1일

　남들은 즐겁게 사는데 나만 그러지 못한다는 생각이 자꾸 든다. 그럴 만한 뾰족한 이유가 떠오르지 않으니, 어디 심하게 아프기라도 했으면 좋겠다. 나는 그렇다 치고, 똑같은 노릇을 날마다 되풀이하면서 다들 뭐가 그리도 즐거운지 모르겠다. 좌우간 즐거운 사람들 때문에 시끄럽다. 거리와 차 속을 가득 채운 유행가, 아무데서나 터지는 방정맞은 웃음소리, 기름진 음식들을 우적우적 씹는 소리, 삼삼칠 박수 소리, 와아 하는 함성, 함성…… 너는 왜 즐거운 표정을 안 짓는 거지? ……한 달쯤 앓고 나타나면, 나를 손가락질하며 그렇게 따지지는 않겠지. 좀 이상한 방법이긴 하지만, 즐겁지 않은데도 즐거운 척하는 것보다는 낫다.

'7월 2일..

K는 직접 볼 때보다 생각할 때가 더 좋다. 이름도 본래 이름을 부르기보다는 이렇게 K라고 부르는 게 마음에 든다. 진짜 K가 밉거나 싫어서가 아니다. 싫다면 왜 K라고 부르겠는가? 단둘이 앉아 얘기해본 적이 없기 때문인지도 모르겠지만, 하여튼 말도 직접 하거나 편지에 써 보내기보다는 이렇게 중얼대기만 하는 편이 어울리는 것 같다. 바로 옆 반이니 마음만 먹으면 하루에도 몇 번씩 만날 수 있는데, 정말 이상스런 짓이다. 계속 그러다보니, 어떤 때는 K가 머리칼이 길고 살결이 고운 이경미하고 같은 사람인지 아닌지 헷갈린다.

그래도 K, 내가 지금 부르는 이가 정작 누구든지 간에, K, 너도 가끔은 자기가 다른 무엇이 되는 게 싫지는 않겠지?

'7월 3일..

윤수가 운동장 조회 도중에 갑자기 쓰러졌다. 옆에 있던 4반 여자애들은 소리만 지르고, 우리 반 녀석들은 멀거니 보고 있기만 하는 게 화가 났다. 내가 양호실까지 업고 갔다. 나보다 몸집이 큰데도 어떻게 업고 갔는지 모르겠다. 윤수는 곧 깨어났다. 군인들처럼 줄지어 서서, 줄곧 하지 마라 하지 마라 소리나 들으면서, 뙤약볕이 내리쬐는 운동장에 너무 오래 서 있은 탓이다. 나나 윤수나 군인감은 못 된다.

양호실을 나오려니까 윤수는 같이 있어달라며 내 손을 잡았다. 아주 시원한 바람이 솔솔 들어오는 양호실 안에서 한 시간 넘게 함께 있었다. 윤수는 얼마 있다가 스르르 잠들었다. 창백한 얼굴에 하얀 이불을 덮고 잠들어 있는 윤수를 지키고 있자니 이상스레 마음이 편안했다. 둘째 시간 시작종이 울려 교실로 가려니까, 윤수가 눈을 뜨며 말했다. 왠지 너하고 있으면 말을 안 더듬을 것 같은 느낌이 전부터 들곤 했다고.

셋째 시간이 끝나고 가보니 윤수는 보이지 않았다. 어머니가 오셔서 데리고 갔다고 했다. 시간을 낭비한 느낌이 들었다. 나는 그 두 시간 동안 교실에서 수학과 화학책을 뒤적일 게 아니라 양호실에서 윤수하고 있는 편이 나았을 거다. 윤수를 지키고 있던 양호실의 그 조용함과 편안함이 그런 책 속에는 없으니까. 책에는 있는 것보다 없는 게 더 많으니까(하지만 그런 조용함이나 편안함 따위는 시험에 안 나온다).

•7월 4일.•

그 사람은, 눈보라치는 산마루에서 잠시 걸음을 멈추었다. 그리고 이쪽을 보았다. 텁수룩한 수염, 푹 파인 볼, 무릎이 해진 남루한 군복. 하지만 그는 키가 크고 어깨가 벌어졌으며 두 눈이 찌를 듯 빛났다. 그가 들고 있는 거무스레한 총. 온몸에 탄띠를 감고 있어서 마치 갑옷을 입은 것 같다. 나이를 짐작할 수 없는 그는, 투사이다.

그는 험한 산길을 종일 걸어서 그 마루까지 왔다. 길은 아직도 멀다. 그의 모습 뒤로, 눈보라 속에 엄연히, 커다란 붓으로 문질러놓은 듯한 산맥이 보인다. 그가 잠시 멈춘 것은 아직도 계곡의 눈구덩이 속을 못 빠져나온, 짐을 잔뜩 지고 거친 숨을 내뿜는 말들, 어른처럼 묵묵한 소년병들, 피에 젖은 붕대가 딱딱하게 얼어붙은 부상병들, 그들의 끝없이 긴 행렬을 돌아보기 위해서다. 동료들은 또 하나의 마루를 잘 넘어설 것이다. 그가 몸을 돌려 산 너머로, 눈보라 속으로 사라진다…… 비장한 음악이 점점 커진다. 끝을 알리는 글자들이 그가 떠난 공간에 탄환처럼 박힌다.

그 영화 장면이 자꾸만 떠오른다. 아예 머릿속에 찍혀버린 성싶다. 묘하게도 다른 장면들은 생각나는 게 별로 없고, 그 장면을 처음 보았을 때의 떨림도 희미해가지만, 어깨에 달린 수류탄이 몸짓에 따라 조금 움직이던 것까지 생생히 기억할 수 있다. 모든 게 어떤 심오한 상징 같다. 예수의 머리에 얹힌 가시관이나 부처 무릎에 놓인 손처럼, 그 장면을 이루었던 하나하나가 다른 무엇을 말하고 있는 듯하다. 눈보라는 그의 적들 같다. 해진 군복은 그의 상처받은 마음이다. 그렇다면 총과 탄환과 그의 빛나는 눈은 적개심이요 투쟁 정신을 뜻한다.

그런데 그 눈보라는 왜 그리도 아름다웠을까? 해진 군복은 어째 그렇게 당당해 보였으며, 그리고 빛나는 눈, 그 눈은 한없이 슬퍼 보이기도 하지 않았던가? 아름다운—적, 상처받은 마음의—당당함, 슬픈—투쟁 정신…… 말이 안 된다. 말도 안 된다.

'7월 5일..

남들이나 나나 모두가 억지로 살아간다는 생각에서 헤어나지 못한 하루였다. 남들은 그렇지 않은 것처럼 보이곤 했는데, 오늘은 무슨 변덕인지 모르겠다.

전부가 시들하고 지겨웠다. 선생님은 월급 때문에 수업을 하고, 학생들은 효자가 되거나 불량학생이 되지 않기 위해 자율학습을 하는 것 같았다. '자율학습'이라니, 얼마나 웃기는 말이냐. 수업이 다 끝났는데도 학생들이 몇 시간씩이나 '자율적으로' 책상에 고개를 처박고 있다? 단 한 명의 예외도 없이, 자율대학의 졸업장을 따야만 자율적인 사람이 된다? 다들 말장난에 놀아나는 꼴이다. 이건 꼭두각시놀음을 하는 극장이지 학교가 아니다.

버스 안에서 이런 공상을 하였다. 억지로 운전대를 잡고 있는 기사가 노상 같은 길로만 다니는 자기 자신을 도저히 견딜 수 없어 몸부림치다가, 차를 한강 속으로 밀어넣는다. 모두 죽는다. 저승문 앞에서 기사를 만난 승객들은 반갑게 그의 손을 잡으며 이렇게 말한다. 고맙습니다. 용기가 없어 개 끌려가듯 억지로 살았는데 당신 덕에 벗어났습니다.

그 공상을 할 때는 나도 승객들 가운데 하나였다. 하지만 지금 다시 생각해보면 무언가 서운하다. 중요한 무엇, 내가 아니면 못하는 어떤 일이 기다리고 있고, 그래서 나는 살아났어야 될 성싶다.

다음 국어 시간에 배울 「허생전」을 읽었다. 숙제라서 억지로 읽었는데 점점 재미가 나 두 번이나 읽었다. 허생이 마음에 든다. 그는 대단한 실력을 가졌다. 등장인물들 가운데서 우뚝할 뿐더러 나라까지 좌우할 만한 비범한 사람이다. 그런데 그는 왜 자기가 꾸민 천당 같은 섬에서 글 아는 자들을 모두 데리고 나올까? 그는 '화근'을 없애기 위해서라고 말했다. 글 아는 자가 화근이 된다니 무슨 소린지 알 수 없다. 자기도 글 아는 선비이면서. 돈을 벌고, 도둑들을 천당 같은 섬에서 살게 해주고, 이완 대장을 꾸짖고 한 그 모든 일들도 자기가 글을 읽었기에 할 수 있었던 게 아닌가.

잠까지도 억지로 자는 기분은 아니다. 「허생전」을 읽은 덕분이다.

˙7월 6일˙˙

윤수가 쭈뼛쭈뼛 따라 나오더니 교문 근처에 와서야 빵을 먹으러 가지 않겠느냐고 했다. 나한테 빚을 진 사람처럼 행동하기 때문에 거절할 수가 없었다. 개가 자진해서 입을 여는 게 흔한 일도 아니고.

　빵집에서 윤수는 포크를 만지작거리며 먹는 걸 쳐다만 보더니 불쑥, 부탁이 있으니 솔직하게 말해달라고 했다. 그러겠다고 했는데도 크림빵을 하나 더 먹도록 또 포크만 만지작거리다 입을 열었다. 나는 왜냐 선생님이 굉장히 좋다, 하지만 왜냐 선생 시간은 공포의 연속이다. 국어 선생님이 좋다면서 그분 시간이 왜 공포의 연속이냐고, 나는 물으려다가 말았다. 국어 선생님이 왜냐? 왜냐? 하시면서 이 사람 저 사람 지적을 할 때면 아닌게아니라 겁이 나기도 했다. 윤수 같은 애야말로 무서워할 만했다. 신이 나거나 대답이 시원찮아 화가 나시면 두 눈을 부릅뜨고 땀까지 흘리면서 연방 질문을 퍼부으니까. 왜냐? 이 말이 왜 나왔느냐? 조금 전에 너는 왜 그런 말을 한 거냐?

　윤수는 내 낯이 간지러운 얘기들을 웃지도 않으면서 늘어놓았다. 너는 책도 많이 읽고, 교지에다 글도 싣고, 국어 선생님한테 귀여움도 받는 그런 애니까, 「허생전」 숙제를 봐달라, 솔직하게 평을 좀 해달라…… 내가 귀여움을 받는다고? 그렇게 보였을지도 모른다. 왜냐 선생님은 내가 들어 있는 문예반 담당이시니까. 선생님은 언젠가 내 글을 보고 말씀하셨다. '글은 손으로 쓴다기보다 마음으로, 결국은 온몸으로 쓰는 거다.' 그 말씀이 잊히지 않는 걸 보면, 또 글을 잘 쓰고프면 무엇이든지 자꾸 말로 그려내라고, 글감이란 게 어디 고상한 데에 따로 있는 게 아니라고 하신 말씀이 머리에 새겨져 있는 걸 보면, 내 얼굴에도 국어 선생님을 좋아한다고 씌어 있을 거다.

선생님은「허생전」의 줄거리를 잡아 오라는 숙제를 내셨다. 그냥 말로 하는 게 좋은데, 좌우간 누구를 시킬지 모르니까 말하기가 자신 없는 사람은 써다 읽어도 좋다고 하셨다. 윤수는 가방을 뒤적거리더니 쓴 것을 내밀었다. 빠뜨린 얘기도 있고 말이 어색한 데도 있었다. 그런데 마지막 문장이 나를 놀라게 하였다. 그걸 적어두어야 한다.

'아무도 자기를 알아주지 않아서, 허생은 아무도 모르는 곳으로 가버렸다.' 그러니까 허생은, 아내, 변 부자卞富子, 이완 대장, 그리고 양민이 된 도둑들까지 모두 자기를 알아주지 않았기 때문에 세상이 싫어서 숨어버렸다는 거다. 그 말이 찌릿하게 가슴에 와 닿았다. 아주 엉뚱하면서도 그럴듯한 면이 있어 윤수를 다시 봐야겠다는 느낌과 함께, 왠지 내가 정말 솔직하게 평을 해주어서는 안 될 것 같은 기분이 들었다.

"아무도 알아주지 않았다는 말은 책에 없잖아?"

"이, 이튿날 가보니 집이 텅 비었더라는 말이 끄, 끝에 있다구. 그 이유를 대야 마, 말이 되지."

"그건 그래. 관계를 잘 따져서 조리가 서게 요약하라고 그러셨으니까. 내 말은, 아무도 알아주지 않았다는 게 좀 억지스럽단 말야. 변 부자는 처음 만났는데도 엄청난 돈을 빌려주었어. 변 부자는 허생을 알아주었다구."

"변 부자는 됨됨이가 허생한테 대면…… 내, 내 생각에 변 부자는 돈만 많지 허생을 잘 알 수 없는 사람 같아서…… 허생은 외톨이거든. 아는 거하고 알아주는 건 다, 다르던가? ……네 말이 맞을 거야. 그래, 변 부자는 어쨌든 돈을 빌려주었어. 그렇다면 이완 대장도 그래. 허생이 뛰어난 사람인 걸 아, 알기는 알거든. 잘못됐어. 그걸 왜 생각 못했을까. 그, 그럼, 뭘 어떻게 고쳐야 되지?"

그 물음에 무어라고 대답했는지는 정리가 잘 안 된다. 꼭 고쳐야 될 만큼 말이 안 되지는 않는다, 네 말을 듣고 보니 그렇게 볼 수도 있겠다, 뭐 그런 뜻을 표시한 데 불과하다…… 나는 횡설수설했다. 나중에 곰곰 생각해보니, 윤수의 그 '알아주지 않아서'라는 말에서 허생이 아니라 윤수의 마음을 읽었기 때문이었던 것 같다. 그런데 그걸 곧이곧대로 말하거나 금방 어떻게 고치라고 해서는 안 될 성싶었고, 솔직하겠다 해놓고 그러려니까 횡설수설하고 만 것이다. 정말 윤수가 남들이 알아주지 않는 애라서 「허생전」을, 아니 허생의 마음을 그렇게 읽은 걸까? 그렇다 하더라도 솔직하게 말해주지 않은 게 과연 잘한 일일까? 따지고 보면 허생은 끝내 자기한테 걸맞는 대접을 받지 못했고, 윤수는 단지 그걸 그런 식으로 말했을 뿐인지도 모른다. 어느 쪽이든, 좌우간 나는 솔직하지 못했다. 윤수가 찜찜한 표정을 지은 건 당연하다. 말이 이상하다면서 그냥 두라고 한 셈이 되었으니까.

나하고라 그런지 윤수는 오늘 별로 더듬지 않았다. 더듬은 건 바로 나다.

윤수보다 내가 마음이 약하다. 아니다. 턱없이 강해서 제멋대로 넘겨짚고는, 제 생각에 제가 어쩔 줄 모른다.

'7월 7일..

　「허생전」을 배우지 않아서 김이 빠졌다. 국어 선생님이 회의 때문에 수업을 하실 수 없었기 때문이다. 자기 짝하고 서로 번갈아 줄거리를 말해보라는 전갈을 보내셨다.

　경석이의 얘기를 듣고는 우스워서 혼났다. '허생은 가난한 사람이었는데, 아내가 돈을 못 번다고 하니까 돈을 많이 벌어서 전부 변 부자한테다 주어버리고, 이완 대장이 말을 안 들으니까 죽으려다가 도망쳤다'—이게 '경석이의 「허생전」'이다. 처음에는 어이가 없어서, 나중에는 슬그머니 재미가 나서 거푸 꼬집어댔다. 아내한테 앙갚음하려고 돈을 벌었단 말이지? 번 돈을 모두 변 부자한테 주었다고 어디에 씌어 있니? 돈 번 얘기하고 이완 대장 혼내준 얘기는 아무 관계도 없냐……? 좀 지나치고, 부질없는 짓이었다.

　윤수의 자리 쪽이 유난히 시끄러웠다. 동철이가 윤수를 몰아붙이고 있었다. 줄거리가 적힌 공책을 보여주지 않은 모양이었다. 동철이는 사내자식이 뭐가 부끄럽다고 계집애처럼 어쩌고 하는 심한 소리까지 했다. 윤수도 나중에는 단단히 작정한 표정으로 유난히 더더듬으며, 네가 내 글을 보고 뭐라고 할지 뻔하기 때문이다, 나야 어쩌거나 상관 말고 잘난 사람은 잘난 사람답게 자기 숙제나 잘하라고 쏘아댔다. 어쩌다 윤수가 공부건 운동이건 제 욕심대로 돼야 직성이 풀리는 동철이하고 짝이 됐는지 모르겠다.

나중에 애들이 하는 얘기를 얼핏 들으니 왜냐 선생은 회의에 참석한 게 아니고 교장실에서 교장 선생님과 싸웠다고, 화장실에 갔다 오다 누가 보았다고 했다. 왜냐 선생님이 이겼을 거다. 왜냐 선생님의 막강한 무기는 왜냐? 그것이니까. 그 이상의 무기가 어디 있는가.

7월 8일.

언제나 지하도 계단의 그 자리에서 구걸을 하는 둥 마는 둥 앉아서 눈망울만 굴리는 그 사람. 행려병자. 그 사람의 무릎이 해진 옷 때문에 영화에서 본 투사가 다시금 떠올랐다. 같은 옷인데도 주는 느낌이 얼마나 다른가. 같은 옷을 입었는데도 사람은 또 얼마나 다르냐.

행려병자는 왜 행려병자가 될까. 투사는 어떻게 해서 투사가 되는 것일까.

아무래도 나는 행려병자에 가깝다. 열흘만 세수를 안 하고 옷도 갈아입지 않으면, 누구든지 뚜릿뚜릿 마구 정면으로 쳐다보면, 줄거리 없는 이 생각 저 생각을 다 팽개치고 아예 길바닥에 퍼질러 앉으면, 그러면 된다. 크로마뇽인이나 네안데르탈인처럼 벌거벗은 채

지하도 동굴과 건물들의 골짜기를 헤매다가, 쓰레기통을 뒤져 허기진 배를 채우면 된다.

K가 보고 싶다. 다 얘기하고 싶다. 안 된다. 동정 따위는, 생각만 해도 끔찍하다.

허생이 부럽다. 허생은 가난하고 이름 없지만 자기가 무슨 일을 해야 할지 훤히 꿰뚫고, 돈 많은 사람과 지위 높은 사람을 거뜬히 이기고, 뜻한 일을 모두 이룬다. 모두 이룬다?

하여간 허생 같은 능력을 지니기만 했다면 겉모습이야 크로마뇽인이면 어떻고 행려병자면 어떤가. 그까짓 동정 따위, 할 테면 하라지.

7월 9일..

「허생전」을 배웠다. 한 시간이 금방 지나갔다.

인사를 마치자마자 선생님께서는 그 작달막한 체구에 어울리지 않는 카랑카랑한 목소리로 말씀하셨다. 왜 줄거리 잡기 숙제를 냈느냐? 아이들이 불안한 눈빛으로 킥킥 웃었다. 그건 소설의 줄기, 그러니까 중심된 사건이 어떻게 시작되고 끝났나를 붙드는 힘을 기르기 위해섭니다. 자, 그럼 누가 먼저 얘기할까? 선생님은 교단에서 내려서셨다. 그 가뿐한 몸놀림에서 나는 선생님의 젊음을 느꼈다.

아이들마다 제각기 다른 「허생전」을 얘기했다. 허생이 도둑들을 데리고 간 섬이 일본이라는 엉뚱한 말도 나왔지만, 거의가 그럴듯하게 들렸다. 같은 글이 그렇게 달리 읽힌다는 게 신기했다. 서너 사람의 발표를 들었을 무렵부터 걱정이 되기 시작했다. 내가 할 수 있는 얘기를 다른 애들이 벌써 다 해버린 성싶었다. 나만이 할 수 있는 얘기는커녕 남들이 한 정도의 얘기도 못할 것 같았고, 머리가 점점 털실뭉치가 돼가는 기분인 데다, 선생님을 실망시키면 어쩌나 싶어 초조했다. 그런데도 선생님은 불만스런 표정으로 우리를 둘러보셨다. 그리고 질문의 방향을 바꾸셨다.

"김동철, 허생은 왜 과일과 말총을 죄다 사 모았을까요?"

동철이가 일어서며 말했다.

"네, 돈을 벌기 위해섭니다."

"내 시간에는 앉아서 대답해도 좋다고 했죠? 그래, 앉아요. 돈을 벌기 위해서라…… 그럼, 돈은 왜 벌었나요?"

"돈을 벌어야 변 부자한테 진 빚도 갚을 수 있고, 가난해서 도둑이 된 사람들도 도울 수 있기 때문입니다. 무슨 일을 하건 돈이 있어야 된다는 걸 허생은 잘 아는 사람이었습니다."

"그렇다면 백만 냥 가운데 오십만 냥을 바다에다 버린 게 이상하지 않습니까? 돈이 많을수록 할 수 있는 일도 많아질 텐데? 허생이 그랬다는 건 챙겨 읽었죠?"

"네, 읽었습니다. 허생은 나라가 작아 그 많은 돈을 받아들일 수 없으므로 버린다고 했습니다. 그러니까 허생은 애초에 꾼 돈이 만 냥뿐이고, 오십만 냥만 가지고 가도 일을 하기에 충분했기 때문에 버린 것입니다."

"그렇게도 볼 수 있겠군요. 그런데 왜 허생은 자기와 아내를 위해서는 돈을 쓰거나 남겨두지 않았을까요? 돈의 힘을 그렇게 잘 아는 사람이?"

동철이는 얼른 대답하지 못했다. 선생님은 기다리셨다. 잠시 후에 동철이가 드문드문 말을 이었다.

"그 당시에는, 선비는 돈을 무시해야 대접을 받으니까…… 그래도 변 부자가 먹을 것은 대주니까……"

선생님은 또 기다리셨다. 동철이의 말이 더 이상 이어지지 않자 입을 여셨다.

"동철이는 나름대로 열심히 읽었어요. 하지만 행동들을 충분히, 그리고 조리 있게 설명하는 데까지는 이르지 못했습니다. 왜 그렇게 됐는지, 누가 그 까닭을 말해봐요."

다들 입을 다물고 있었다. 동철이도 못한 말을 어떻게 할 수 있을지 자신이 안 서기 때문인지도 몰랐다. 얼마 뒤에 맨 앞줄의 용준이가 입을 열었다.

"변 부자가 먹을 걸 대준 것보다 허생이 돈을 바다에 버린 게 먼저인데, 동철이 말대로면, 허생은 변 부자가 식량 대줄 걸 미리 계산하고 버렸다는 얘긴데, 그건 좀 허생답지 못한 행동입니다."

"네, 일리가 있는 지적이에요. 행동의 앞뒤 관계를 잘 따져보지 않기 때문이라는 얘기군요. 하지만 중요한 사건, 핵심적인 내용과 관계된 지적은 아니라고 봅니다. '허생답지 못하다'는 표현도 애

매하고요. 동철이가 허생의 행동들을 충분히 설명하지 못한 것은 근본적인, 근본적인 원인과 이유를 여러 각도에서 따져보지 않은 까닭이라 할 수 있습니다. 만사가 그래요. 밑동을 보려고 해야 돼요. 가지 끝이나 잎사귀만 보면 혼란에 빠지기 쉽죠.

그러면 내가 동철이한테 처음에 했던 질문, 왜 과일과 말총을 죄다 사 모았느냐는 질문으로 되돌아가서, 동철이의 해석이 어째서 허생의 다른 행동들을 충분히 설명하지 못했는지 알아봅시다. 허생은 어째서 하필이면 과일과 말총을……"

그때 고개를 푹 숙이고 있던 윤수가, 선생님의 말씀을 자르며 말했다. 의외였다.

"선비가 도, 돈을 벌려고만 그, 그랬다고 하니까, 허생을 거, 겉다르고 속 다른 가짜 선비로 마, 만들었……"

아이들이 와아 웃었다. 윤수의 어깨가 움찔하면서 말이 끊겼다. 나는 웃을 수 없었다. 동철이의 얼굴도 나처럼 차갑게 굳어 있었다. 걔는 자존심이 상한 게 분명했다.

선생님은 얼굴을 찌푸리며 소리치셨다. 다른 사람이 말을 하는데 왜 웃나! 그러고 나서 음성을 낮추어 윤수한테 말씀하셨다. 좋은 지적인데, 말을 마저 해요.

윤수는 여전히 고개를 숙인 채 돌처럼 움직이지 않았다. 나는 그 침묵이 견딜 수 없었다. 무식하고 잔인한 놈들! 가슴이 마구 방망이질쳤다. 그때 동철이의 말이 들렸다.

"다시 생각해보니, 허생은 자기가 잘 먹고 살기 위해서가 아니라

다른 이들을 도우려고 돈을 벌었습니다. 그래서 자기 몫은 남겨두지 않은 겁니다."

잘나빠진 놈! 놈이 채뜨리지만 않았으면, 윤수가 말을 마무리지을 수 있었을지도 몰랐다.

"그럼 정리해봐요. '왜'를 넣어서, 과일과 말총 사 모으는 부분을 동철이가 요약해봐요."

"허생은, 돈을 벌어서 가난한 이들을 도와주려고, 과일과 말총을 사 모았다……"

"그게 아니고(내 목소리가 너무 큰 것 같았다), 제 생각은, 윤수하고 비슷합니다. 동철이는 자꾸 돈 돈 그러는데, 허생을 잘못 본 겁니다. 책에, 허생 자기는, 재물 때문에 정신을 괴롭히지 않는다고 하였습니다."

선생님은 나를 똑바로 쳐다보셨다. 갑자기 몸이 주체할 수 없도록 커지는 기분이었다. 선생님은 똑 똑 끊어서 말씀하셨다. 새로운 주장이, 나왔군요. 그렇게 읽는다면, 과일과 말총을 사고파는 사건은, 어떻게 요약되죠? 나름대로 다시 해보세요.

"과일과 말총은 주로 양반들과 관계있는 물건입니다. 그러니까, 허생은 과일과 말총을 사 모아서 양반들을 혼내주었다, 그렇게 될 것 같습니다."

옆에서 경석이가 옆구리를 찔렀다. 야야, 허생한테 혼난 양반은 이완 대장이라구. 과일 땜에 혼난 양반은 없어. 나는 상관하지 않고 윤수 쪽을 보았다. 도와주지 못한 것 같았다. 아니, 선생님께서 내

58

대답을 흡족하게 받아들이는 눈치였으므로 오히려 윤수가 받을 칭찬을 가로챘는지도 몰랐다. 게다가 선생님의 다음 말씀은, 내가 윤수 대신 복수를 하지도 못했다는 생각이 들게 하였다.

"양반들을 '혼내주었다'는 말은 '비판했다'는 말로 바꾸는 게 적절하겠죠. 당시에 과일이 제사나 잔치에 주로 쓰였다는 점, 그리고 말총은 양반들이 쓰는 망건과 갓을 만드는 데 쓰였다는 점을 참고한 말입니다. 꽤 여러모로 생각하면서 읽었어요. 그런데 양반들을 곤란에 빠뜨리고 그들로 하여금 돈을 많이 쓰게 한 것도 사실이지만, 동철이 말대로, 허생이 그런 걸 휩쓸어 사두었다가 값이 오르니까 팔아서 떼돈을 번 것도 사실이죠. 너무 돈만 생각해도 문제지만, 지나치게 그걸 무시해도 무리가 생깁니다. 허생에게 있어 돈은 목적이 아니죠. 그렇다고 해서 가난한 백성들을 돕는 수단까지 아니라고 볼 수는 없다는 말입니다."

선생님이 천천히 걸어서 교단으로 올라가셨다. 이제 질문이 그치나 보다 싶어 몰래 한숨을 내쉬는 아이들도 있었다.

"소설은, 신문기사하고는 다릅니다. 요새는 신문의 기사글도 그럴 때가 있기는 하지만, 소설을 이루고 있는 말은, 말 속에 또 말이 있죠. 그리고 그 속말, 그러니까 속뜻을 풀어내는 실마리도 소설 안에 갖춰져 있습니다. 그걸 읽어내려면 행동의 앞뒤 관계를 따지고, 인물들의 심정을 헤아리고, 여러 가지 관련 지식과 사실들을 참고해야 합니다. 나는 금방 '읽어낸다'는 표현을 썼는데, 달리 보면 그건 주어진 뼈대와 틀에 '읽어 넣는다'고 할 수도 있어요. 우리가 하고 있는 게 바로 그런 일인데, 더 계속해봅시다. 허생이 과일과 말총을 사고판 행동에 대해 양반을 비판하기 위해서라는 해석과, 돈을 벌어 가난한 사람들을 돕기 위해서라는 해석이 나왔죠. 자, 그럼 그 두 가지는 전혀 다른 것인지, 아니면 서로 어떤 긴밀한 관계가 있는지 살펴봅시다. 그걸 알려면 먼저, 허생이 돈을 벌어서 어디어디에 썼나를 챙기는 게 좋을 겁니다. 그러다 보면 허생이 돈을 벌고 쓴 행동에 담긴 속뜻이 양반 또는 벼슬아치 비판과 어떤 관계에 있는지가 드러날 테니까요. 어디어디에 썼죠?"

더 적을 수가 없다. 윤수한테 신경을 쓰다가, 동남쪽의 섬이 어떻느니 이완 대장이 왜 일마다 어렵다고 했느니 등등까지 주고받은 그 뒤는 잘 듣지 않았다. 게다가 손도 아프고, 적다 보니 자꾸 무얼 꾸며 넣는 것 같기도 하다. 소설을 쓰려는 게 아닌데 말이다. 허생이란 사람이 정말 있었다면, 박지원도 「허생전」을 쓰면서 이랬을 거다. 자기 뜻대로 의미를 붙이고, 뭘 넣거나 빼버리고.

선생님의 마지막 말씀이 떠오른다—"이번 시간에는 사건들, 그리고 그것이 연결되어 이루는 줄거리 중심으로 살폈는데, 다음 시간에는 허생이 누구냐, 허생이란 인물이 과연 어떤 성격과 생각을 지닌 존재인가를 중심으로 살펴보겠습니다. 다른 인물들과 비교하면서 잘 읽고 생각해 오세요."

허생이 누구냐고? 선생님의 질문엔 끝이 없다. 이번에는 왜냐가 아니고 누구냐이다. 나도 참 병이다. 끝이 없는 질문들을 졸졸 좇아

가며 베끼고 있으니. 손이 아파서 더 못 쓰겠다고 그 아픈 손으로 써놓고, 그러고도 자꾸 더 쓰고 있으니. 나란 사람은 누구냐? 총이 아니라 연필을 든, 투쟁 정신으로 빛나는 눈이 아니라 신경을 너무 써서 핏발이 선 눈을 가진, 투사가 아닌 환자. 환자? 어떤 환자?

윤수가 더듬지 않았으면 좋겠다. 아니면 아예 나서서 말을 하려고 들지 않든가. 허생의 행동, 허생 읽기. 윤수의 행동, 윤수 읽기. 나의 행동, 나 읽기…… 읽기는 언제나 내가 한다. 「허생전」 읽기는 꽤 재미가 있는데, 다른 읽기는 왜 그렇게 갈피를 잡을 수 없는지 모르겠다. 아니, 허생 읽기나 나 자신 읽기나 갈피를 못 잡기는 마찬가지다. 머릿속이 복잡한 크로마뇽인!

'7월 10일'.

나의 K, 너는 듣고 있겠지. 긴 머릿단 속에 꿈꾸듯 숨어 있는 뽀오얀 두 귀로. 밤이 깊으니 너는 저 어둠 속에서 가만히 내 말소리에 젖기만 하렴.

K, 작고 예쁜 네 귀도 어쩔 수 없이, 낮에 학교를 가득 채웠던 그 어지러운 말들을 들었겠지? 그 얘기가 하고 싶어서, 당분간 일기든 뭐든 단 한 줄도 쓰고 싶지 않았던 심정을 버리고, 이렇게 너를 불러냈다.

국어 선생님께서 오늘 또 수업 시간에 들어오시지 않은 건 바로 그 '노동조합' 때문이었다. 교직원들이 모여서 만들었다는 그 단체 때문에 요새 날마다 신문과 방송에서 떠들어대는 걸 너도 알고 있 겠지. 너희 반 국어도 왜냐 선생님 담당이니까, 아니 그러잖아도 그 문제 때문에 학교가 왈칵 뒤집혔으니까, 선생님께서 거기 가입하신 것도 알고 있을 거다.

K, 너하고 이런 얘기를 나누고 싶지 않다. 이런 번잡스런 얘기는 너한테 어울리지 않는다. 하지만 어쩌겠니? 나는 지금 누군가에게 이 답답한 심정을 쏟아놓지 않고는 배길 수 없다. 몰인정한 사람들. 동료가 집중 포화를 맞고 있는데, 다른 선생님들은 천연스레 수업 을 진행하였다. 학생들도 그렇다. 학기가 끝나가는데 진도가 어떻 다느니, 선생님의 수업 방식이 참고서나 대학 입시하고는 너무 거 리가 있다느니 하는 엉뚱한 말들을 창피한 줄도 모르고 지껄여댔다. 당장 어떻게 해야 될지는 모르겠지만, 어쨌든 너무들 무관심했다.

나의 이 답답함이 남들의 무관심 때문만은 아니다. 국어 시간이 었다. 담임선생님이 오셔서, 자습을 해라, 너희들은 공부만 열심히 하면 되니까 쓸데없는 관심 갖지 말고 공부나 하라는 지시를 하고 가셨다. 공부만 하면 되니까 공부나 하라…… 나는 그 말을 되씹으 며 자꾸 슬퍼지는 마음을 억누르느라 「허생전」만 건성으로 읽고 있 었다. 그런데 어느 사이엔가 교실 전체가 논쟁 마당이 되어 있었다. 논쟁의 한쪽 대장은 동철이였다. 나중에 동철이는 회장이라도 되는 양 아주 일어서서 이렇게 말했다. 교사는 노동자가 아니다, 그러니 노동조합에 가입하는 건 잘못이다, 법이 그렇고 스승에 관한 우리

나라의 전통이 그렇다.

신문과 텔레비전에서 떠들던 말이어서 새로울 게 없는데도 동철이는 제 말처럼 당당하게 내뱉었다. 여러 아이들 역시 처음 듣고 감동하는 듯이 고개를 끄덕이는 게 우스웠다. 앞자리의 용준이가 나섰다. 우리가 법을 알면 얼마나 아냐, 그리고 노동에는 정신노동과 육체노동이 있다고 배웠는데 선생님은 정신노동자가 아니냐, 좌우간 왜냐 선생이 무슨 나쁜 일에 나설 분은 아니니까 섣불리 입방아 찧지 말고 기다려보자.

동철이가 이내 대꾸를 했다. 나는 왜냐 선생이 나쁜 사람이라고는 말하지 않았다, 누구든 판단을 잘못할 수는 있다, 정부에서 막고 다른 선생님들도 동의하지 않는 일을 하는 건 잘못이다, 반대하는 사람들이 우리도 다 아는 정신노동 육체노동을 몰라서 그럴 것 같냐?

경석이도 한마디 거들었다. 우리 아버지가 그러는데, 무슨 노동조합이든 거기에 드는 사람은 모두 빨갱이라더라.

K, 나는 물론 선생님 편이었고, 또 선생님께서 '판단'도 잘하셨으리라는 생각이 들었다. 선생님은 다름 아닌 왜냐 선생님이니까 이런 일이 일어날 것까지 각오하고 조합에 가입하셨을 터였다. 그런데 그건 나의 막연한 마음이고 생각일 뿐이었다. 선생님이 왜 옳은가를 조리 있게 내세울 말이 도무지 떠오르지 않아서 나는 논쟁에 끼여들 수 없었다. 그런 문제에 대해 너무 아는 게 없음을 절감하였다. 다른 애들처럼 어디서 주워들은 이야기를 자기 것처럼 뇌

까리기는 죽어도 싫고, 솔직히 말해서 그런 일이 내 주변에서 일어나는 것부터가 마땅찮았다.

논쟁이 한참 벌어지고 있는데 윤수가 내게로 왔다. 윤수는 나를 교실 뒤켠의 라일락나무 그늘 속으로 데리고 갔다. 휴식 시간이 아닌데 그래서는 안 된다는 생각이 얼핏 들었지만, 될 대로 되라는 심정이었다. 윤수는 흥분해서 심하게 더듬거렸다. 걔의 말을 주워 모으면 이렇다. 왜냐 선생은 결국 학교에서 쫓겨날 거다. 허생처럼 어디론가 사라져버릴 수밖에 없을 거다. 자기편이 너무 없기 때문이다…… 그리고 윤수는 내게 물었다. 너는 물론 왜냐 선생 편이지? 나는 그렇다고 대답했다. 그런데 물은 뜻은 그게 아니었다. 윤수는 말했다. 그렇다면 너는 왜 동철이와 싸우지 않느냐, 어서 들어가서 동철이 녀석의 주장을 꺾어라, 너처럼 글도 잘 쓰고 말도 술술 하는 애가 안 한다면 누가 하겠냐?

K, 나는 무척 곤혹스러웠다. 나 역시 왜냐 선생이 너무 외로운 처지고 어쩌면 쫓겨날지도 모른다는 생각이 들었지만, 윤수가 바라는 행동 같은 걸 하러 나서고 싶지는 않았기 때문이었다. 무슨 일이 어떻게 될지 아직 모르는 상태가 아니냐, 동철이하고 싸워서 이겨 봐야, 무슨 소용이냐, 뭐가 변하냐…… 나는 더듬고 있었다.

예쁘고 똑똑한 나의 K, 왜 나서고 싶지 않았느냐고 묻지 말아다오. 나도 잘 모르기 때문이다. 나서고 싶지 않았는지, 나설 수 없었는지조차 잘 모르겠다. 이유를 대라면 무어라 하기는 하겠지만, 어떤 말이든 결국은 적절치 않게 될 것 같았다. 이상스럽다는 듯이 윤수는, 잘 모른다니, 노동자니 빨갱이니 하는 말을 모른다는 거냐고 물었다. 나는 고개를 저었다.

"뭐, 뭘 모른다는 거야? 왜냐, 왜냐 선생이 옳다는 걸 아, 알고 있잖아?"

동철이가 집단의 질서를 들먹거리며 여전히 떠들고 있는 교실에 들어서면서, 나는 왠지 자신이 그 어느 때보다도 비참하게 여겨졌다.

K, 윤수가 말했듯이, 선생님이 학교에서 쫓겨나 정말 허생처럼 어디론가 가버리게 된다면, 우리가 사는 이 세상은 허생이 살던 그 때와 다름없는 셈이다. 아니, 허생은 자진해서 가지만 선생님은 쫓겨서 가는 거니까 그때보다 더 어두운 세상이다. 아, 알겠다. 허생이 왜 그 천당 같은 섬에서 글 아는 자들을 모두 데리고 나왔는지. 지금 왜냐 선생님을 '화근'으로 취급하여 몰아붙이는 이들도 알고 보면 모두 글 아는 자들이 아니냐.

네 웃음소리가 들리는 것 같다. K, 나도 내가 우습다. 지금 이 판에 「허생전」을 따지고 있으니 말이다. 어떻든지, 선생님이 허생 만한 능력을 가지고 계셨으면 좋겠다. 아니면 이완 대장들이 모두 「허생전」에서처럼 황급히 뒷문으로 도망을 치거나. 나로서는 지금 그런 일이나 바랄 수밖에 없다.

이완 대장들은 왜 '안 된다'고만 하는 걸까? 세상에 이완 대장은 왜 그렇게 많을까?

아아, 그만두자 K. 말은 이제 그만 하자.

나만의 K. 너의 그 뽀오얀 귀를 닫으렴. 소리가 안 들리게 달빛

속에 아주 잠가버리렴.

˙7월 11일˙.

「허생전」 둘째 시간. 흥분과 긴장의 연속이었다. 나는 지금 모든 걸 떠올릴 수 있다. 앞으로도 결코 잊지 못할 것이다.

선생님은 전처럼 인사를 마치자마자 교단을 내려서시며, 아무렇지도 않게 말씀하셨다. 허생이 어떤 사람이냐에 대해 살펴볼 차례지요?

아이들은 모두 선생님의 얼굴만 쳐다보았다. 다시 나타나신 게 무슨 큰 짐이라도 벗은 양 홀가분하고 기뻐서, 다들 책 펴는 것도 잊고 있었다.

"모두들 정신이 딴 데 가 있는 건, 왜냐?"

왜냐 선생님 말씀에 몇 아이가 키득키득 웃었다. 선생님도 어색하게 웃으시며 전보다 더 카랑카랑해진 성싶은 음성으로 스스로 답하셨다. 내가 그 까닭을 모를 리가 있느냐. 나는 가르치는 사람이고, 전보다 더 잘 가르칠 수 있기 위해서 하는 일이니까, 이상하게 여기거나 너무 걱정하지 말아라. 앞으로는 무슨 일이 있어도 꼭 수업에 들어올 것이다. 그리고 조금 망설이시다가 덧붙였다. 우리는 각자 자기 마음대로 걷고 있는 것처럼 여기지만, 실은 이미 닦여진 길을 가고 있다. 우리는 때로 그 길이 어디로 향한 것인지 살펴보

66

고, 필요하다면 새 길을 닦아야 한다.

선생님께서 책을 펼쳤다. 우리도 따라 펼쳤다. 교실은 갑자기 활기로 가득 찼다.

"자, 먼저 「허생전」에 나와 있는 사실들을 바탕으로, 허생이 어떤 사람인가를 나름대로 얘기해봐요."

"배짱이 두두욱한 사람 같습니다."

누군가 걸찍하게 말하자 아이들이 와아 웃었다. 선생님의 얼굴이 한결 펴졌다.

"같습니다라는 표현은 될 수 있으면 쓰지 않는 게 좋아요. 생각을 잘 간추린 뒤에, 자신 있게 잘라 말하는 습관을 들여야 합니다."

"장사 수완이 아주 좋은 사람입니다."

"아내를 전혀 돌보지 않는 걸 보면, 좀 매정한 데가 있습니다."

"형식에 매이지 않고 과감하게 일을 추진하는 사람입니다."

"외로운 사람입니다. 친구가 없습니다."

"가난한 사람을 도와주는 의로운 사람입니다. 홍길동하고 비슷합니다."

"돈과 재물을 하찮게 여깁니다."

"아닙니다. 허생은 돈을 굉장히 중요시하는데요?"

아이들이 웅성거렸다.

"또 돈이 문제군요. 아무래도 여러분이 돈에 관해 너무 관심이 많거나, 좀 잘못된 생각을 가지고 있는 듯합니다. 지난 시간에 그 문제는 다소 정리되지 않았나요? 그 문제하고 씨름했던 동철이가 해결해보는 게 어떨까?"

"네." 동철이가 일어서려다가 도로 앉았다. "허생은 돈을 벌어 가난한 백성들을 위해 썼는데, 거기에는 무능하고 허례허식에 빠진 벼슬아치들과 양반 계층을 비판하는 뜻이 담겨 있습니다. 그러니까 허생은 돈을 중요시했다기보다……"

"허생은 돈을 목적으로가 아니라 수단으로 중요시했던 거죠." 선생님은 고쳐서 마저 말씀하셨다. 그리고 이어서,

"그런데 그 문제는, 각도를 달리해 보면 또 얻는 게 있습니다. 허생의 생각이나 마음도 마음이지만, 허생이 그런 방법으로 돈을 벌수 있었다는 사실 자체를 두고 볼 때, 물론 이게 꾸며낸 이야기라는 점을 염두에 두어야겠지만, 당시 사회의 경제 규모가 얼마나 작았으며, 통치자들이 백성들 살아가는 형편에 얼마나 무관심했나를 짐작할 수 있죠. 그러고 보면, 아까 누가 얘기한 것처럼, 허생의 생각이나 수완은 그 당시로서는 아주 놀랍다고 할 수 있을 겁니다."

"그런데 선생님!"

용준이가 손을 번쩍 들며 말했다.

"이 작품은 좀 잘못된 데가 있는 것 같습……니다. 허생은 선비인데, 선비가 그렇게 장사를 해도 됩니까?"

아이들이 야아 하고 탄성을 질렀다. 뭐 별것 아니라는 듯이 용준이는 턱을 쳐들며 눈을 게슴츠레하게 떠보였다.

"아주 좋은 질문입니다."

선생님은 용준이한테 미소를 보내셨다.

"하지만 작품에 잘못된 데가 있다고 하기 전에, 먼저 작품을 있는 그대로 놓고 이해해보려고 해야 됩니다. 우리가 다른 사람을 대할 때처럼 말이죠. 그럼 먼저, 같이 확인해봅시다. 허생은 선비입니까 아닙니까?"

"선빕니다!"

다들 합창하듯이 말했다.

"자기가 선비라는 걸 강하게 내세웁니까 그러지 않습니까?"

그 물음에는 모두 잠잠했다. 그러자 선생님께서는 작품을 잘 살펴보라고 시간을 주셨다. 나는 처음부터 확신했다. 그래서 조금 있다가, 빌렸던 돈을 되돌려줄 때 변 부자한테 허생이 한 말을 소리내어 읽었다.

"재물로 해서 얼굴에 기름이 도는 것은 당신들 일이오…… 그대는 나를 장사치로 보는가?"

선생님은 나한테도 흡족한 미소를 보내셨다. 나는 선생님과 눈을 맞추고 질문을 기다렸다.

"잘 지적했습니다. 그런 말 하는 걸 보면, 허생은 자기가 선비 또는 사대부라는 걸 강하게 의식하면서 내세우고 있음을 알 수 있죠. 아까 허생이 홍길동 비슷하다는 말이 있었는데, 그럼 홍길동과 허생의 차이점은 무엇일까요?"

"홍길동은 도술을 쓰는데, 허생은 머리를 씁니다. 말하자면 허생은, 지식인입니다."

"잘 보았군요. 그럼 내친김에 질문을 하나 더 하겠습니다. 홍길동도 가난한 이들을 돕고 허생도 그러는데, 그 돕는 행동에도 어떤 차이점이 있지 않습니까?"

나는 막막했다. 그것까지는 생각해보지 않았다. 나는 긴장되어 다리를 떨면서 그냥 떠오르는 대로 대답하는 수밖에 없었다.

"홍길동은, 일종의, 투사입니다. 홍길동은 자기 부하들이나 자기가 돕는 이들과 하나가 되어 싸우고, 끝에 가서 승리합니다. 그러나 허생은, 돕기만 할 뿐 어디까지나 선비이고, 그래서 결국 지고…… 지고 맙니다."

허생이 누구한테 졌다고 생각한 적은 없었는데, 아니 허생은 마음만 먹으면 누구든지 이길 수 있는 사람이라 여겨왔는데, 홍길동하고 비교하다 보니 말이 그렇게 되었다. 그런데 선생님은 주먹을 불끈 쥐어 보이며 커다란 소리로 말씀하셨다.

"지금 한 말 잘 들었겠죠? 참말 멋진 지적입니다! 본인도 얼마쯤 그 뜻을 알고 말했겠지만, 그 말에는 참으로 깊은 뜻이, 우리가 살아가면서 두고두고 곱씹을 만한 뜻이 담겨 있어요. 우리가 이렇게 소설을 읽고 궁리하는 건 바로 그런 진실을 발견하기 위해섭니다.

허생은 홍길동 같은 영웅처럼 보이지만 사실 영웅답지 못해요. 용준이가 했던 질문으로 돌아가보면, 허생은 선비답지 않게 장사해서 돈을 벌고 그걸로 백성들을 돕지만, 항상 선비로서 그러는 것입니다. 무슨 일을 하든 정신적으로는 한 번도 선비의 자리, 양반 사대부라는 자리를 떠난 적이 없다 그 말입니다. 허생은 장사를 하지만 장사꾼을 경멸하고, 백성을 돕고 북벌책 같은 국가 대사를 논하지만 조정에 뛰어들어 적극적으로 그것을 실천하려고는 하지 않습니다. 사농공상을 구별하던 당시의 규범, 때가 아니면 초야에 은둔한다는 선비의 처세관에 묶여서 거리를 두고 비판하거나 도와주기만 할 뿐, 하나가 되어 함께 살고 책임지지는 않는 겁니다. 이 점이 바로 허생의 한계인데, 나아가 「허생전」을 지은 연암 박지원의 한계라고도 할 수 있습니다. 당시 사회를 비판하고 있지만, 그 사회를 바로잡으려고 적극적으로 노력하지는 않은 면이 있습니다. 양반 계층의 생각, 사대부가 쓰는 말을 버리지 못하고 있어요."

선생님은 질문하기를 잊으신 듯, 그런 뜻의 말씀을 오래 더 하셨다. 「허생전」이 한글이 아니라 한문으로 씌어진 것도 그런 한계와 관련이 있다고 하셨다. 그러고는 공책에다 홍길동이 꾸민 율도와 허생이 꾸민 동남쪽 섬이 어떤 점에서 서로 비슷하고 다를 것 같은지, 자기 상상을 보태어 적어보라고 하셨다.

내가 궁리 끝에 두어 가지를 생각해내고 적으려는데, 갑자기 동철이가 벌떡 일어서며 말했다.

"허생이 졌다는 건, 누구한테 졌다는 말씀입니까? 작품에는 허생이 그냥 어딘가로 가버렸다고 되어 있잖습니까? 선생님께서는 투쟁을 강조하시는데, 어떤 선입견을 가지고 보시는 것 같습니다."

아이들이 수군거렸다. 동철이의 말투에 화가 났고, 걔가 말하고픈 내용이 짐작되어 가슴이 졸아들었다. 선생님은 동철이가 서 있는 걸 그대로 둔 채 천천히 말씀하셨다.

"허생이 졌다는 말은, 허생의 행동 전체를 놓고 독자인 우리가 평가하느라고 쓴 말입니다. 허생은 확고한 이상과 탁월한 능력을 지녔지만 그걸 충분히 실현하지 못했고, 그러니 불만스런 현실과 그 현실을 지배하는 세력한테 졌다고 본 겁니다. 도피했다고 할 수도 있겠죠. 합당한 근거가 있다면 다양하게 해석할 수 있는 것이 문학입니다. 자, 그럼 나름대로 달리 해석해봐요. 허생이 왜 어디론가 가버렸죠?"

그런 말씀을 하시는 선생님의 말씀이 이상스레 딱딱해져갔다. 동철이 때문에 화가 나 그러시는가 했더니 그게 아니었다. 선생님께서 힐끔 보신 복도 쪽 거기, 어떤 사람 둘이 서 있었다. 한 사람은 교감 선생님이었다. 수첩에 무얼 적고 있는 다른 사람은 낯이 설었다. 감시를 하는구나. 동철이의 말이 아득히 멀게 들려왔다.

"허생이 어디론가 가버렸다는 말은 그다지 중요하지 않다고 생각합니다. 옛날이야기 중에도 그렇게 끝나는 게 많으니까요. 중요한 것은, 허생이 국가를 안정시키는 큰일을 실제로 많이 했다는 사실입니다. 선생님께서는 무얼 더 바라시는 것 같은데, 제가 생각하기에는 그거면 충분합니다. 허생은 영웅입니다. 나라에 큰 공을 세운 사람 말입니다."

"말은 실체가 아니라 하나의 도구예요. 그게 전달하는 뜻이 그 속에 고정되어 있다기보다, 어떤 입장에서 어떤 의도로 사용하느냐에 따라 그 뜻이 결정되고 변한다는 얘깁니다. 산은 언제나 산이지만, 그걸 가리키는 산이라는 말은 등산가가 쓰는 경우하고 터널 기술자가 쓰는 경우에 그 느낌과 뜻이 다른 데가 있단 얘깁니다. 지금 영웅이라는 말을 썼는데, 그런 의미라면 보기에 따라 이완 대장도 영웅일 수 있습니다. 하지만 아까 내가 허생이 영웅이 아니라고 했을 때의 영웅이란 말은……"

그때 교실문이 요란하게 열렸다. 복도에 있던 두 사람이 안으로 들어왔다. 그들이 성큼 교단 위로 올라섰다. 나는 숨도 못 쉴 지경이었다.

선생님은 잠시 묵묵히 서 계시더니 학생들 사이에서 나와 교단으로 올라가셨다. 이제 교단 위에는 세 사람이 서 있었다. 교단이 산처럼 까마득히 높아 보였다. 그 위에서 세 사람 모두가 나만 뚫어져라 내려다보는 것 같았다.

선생님의 떨리는 음성이 들려왔다.

"오늘은 여기서 중단해야 되겠습니다. 다음 국어 시간이 언제죠?"

"다, 다, 다음 주, 워, 월요일입니다."

"박윤수, 고마워요. 오늘이 금요일이니까 사흘 뒤군요. 그날은, 「허생전」에 그려졌거나, 그려지지는 않았어도 그 작품이 나왔던 당시의 사회 상황에 대해 살펴겠습니다. 특히 실학 사상과 북벌론이 어떤 것이고, 그것들이 이 작품에 어떻게 반영되어 있는지를 공부해 오세요."

세 사람이 나갔다. 그들의 발소리가 복도에서 멀어져갔다. 교실은 쥐 죽은 듯이 조용했다. 느닷없이 윤수가 동철이의 멱살을 쥐며 무어라고 외쳤다. 너무나 더듬어서 짐승의 울음소리 같았다.

7월 12일.

이런 꿈을 꾸었다.

눈보라치는 산마루에 그 투사와 허생과 왜냐 선생님이 서 있었다.

뒤따르던 말과 병사들이 나타나자 투사는 그들과 함께 마루를 넘어갔다.

그 뒤에, 허리를 곧추세운 허생이 골짜기 아래쪽을 향하여 이렇게 외쳤다. 아이들을 낳거들랑 오른손에 숟가락을 쥐게 하고, 하루라도 먼저 난 사람이 먼저 먹도록 양보케 하여라! 그러고는 혼자서 훌쩍 마루 너머로 사라져버렸다.

이제 왜냐 선생님만 남았다. 그런데 아무도 뒤따라오는 이가 없었다. 선생님은 계속 거기 서 있었다. 눈보라가 점점 거세어졌다. 선생님의 모습이 흐려져갔다. 비장한 음악처럼, 허공에서 말소리가 울려 퍼졌다. 말은 도구이다, 실체가 아니다, 말은 실체가 아니라 도구다…… 영웅…… 노동자…… 빨갱이……

나는 슬프다, 나는 슬프다, 자꾸 그렇게 중얼거리면 눈물이 나올까? 눈물이 나오면 그때는, 정말 슬퍼하는 것처럼 슬퍼할 수 있을까?

술 취한 사람같이 하루를 보냈다. K를 뒤따르다가 놓쳐버렸다. 어느 교회로 들어가더니 아무리 기다려도 나오지 않았다.

7월 13일.

교회 앞에서 오래 서성인 끝에 K를 만났다. 예배 보고 나오는 사람들 사이에서 발견한 K는, 그때 천사 같았다.

나는 무작정 뒤따라갔다. K는 얼마를 가더니 공원으로 들어갔다. 그리고 사람이 별로 보이지 않는 어디쯤에서 멈춰 섰다. 나도 멈췄다.

K가 다가왔다. 그리고 말했다. 그냥 따라오기만 하면 어쩔 셈이니?

나는 웃으려고 했는데, 그저 얼굴이 찌그러지다 만 느낌이었다. 우리는 근처 나무 밑에 있는 붙박이의자에 앉았다. 향기로운 비누 냄새가 코끝을 스쳤다. 바람결에 K의 머리칼이 날렸다. 나는 머리칼에 덮인 K의 귀를 훔쳐보았다.

너는 시를 잘 쓰지? 아주 소문이 났더라. 소설도 쓰니?

쓰고 싶은데 아직 써보지는 않았다고 말했다.

나는 연극을 좋아해. 내가 연극반인 거 알지? 시침뗄 필요 없어. 전부터 네가 나한테 관심 있는 걸 눈치 채고 있었으니까. 그런데, 실은 나도 글을 잘 썼으면 좋겠어. 그래서 언젠가 너하고 얘기를 했으면 싶었다구. 어떻게 하면 글을 잘 쓸 수 있는 거니?

나는 글 얘기가 하기 싫어 연극반에서 무얼 맡느냐고 물었다.

응, 배우야. 가을 예술제 때 「신판 춘향전」을 공연하는데, 내가 춘향이 역으로 뽑혔어. 방학이 되면 본격적으로 연습할 거야. 엄마가 알면 공부 대신 그런 짓이냐고 난리 나겠지만.

그리고 K는 그 「신판 춘향전」이라는 것에 대해 길게 얘기했다. 춘향이는 로큰롤 음악을 무척 좋아하는 앤데, 몽룡이는 공부밖에 모르는 책벌레다. 둘이 놀이공원에서 우연히 만나 사귀었는데, 나중에 대학에 붙는 건 몽룡이가 아니고 춘향이다. 몽룡이가 재수를 하는 동안 춘향이는 가수가 되어 전국을 누비는데⋯⋯

나는 듣다 말고 물었다. 그런 걸 학교에서 공연하라고 하겠니?

그러엄! 연극반 선생님이 대본을 갖고 가서 벌써 허락받았는걸. 그런데, 그런 거라니? 너, 유치하다고 무시하는구나?

나는 부정하지 않았다. 그 얘기도 더 하고 싶지 않았다. K는 기분이 상한 듯 딴 데를 보고 있었다. 뽀오얀 목덜미가 눈부셨다.

왜냐 선생님 일을 너는 어떻게 생각하는지 알고 싶어. 그분이 너무 이상에만 빠진 걸까?

지금 왜 그런 얘길 하니? 문학을 한다는 애가!

아이들이 한낮의 햇볕 속을 뛰어다니는 게 나무들 사이로 보였다. 아침부터 아무것도 먹지 않아서인지 현기증이 났다.

K, 오늘 일기는 독백이나 같다. 늘 독백이었던 것 같기도 하다만.

K, 너의 이름을 지운다. 아니, 없앤다. 모두 나 혼자서 하는 짓이다. 너는 없었다. 이경미가 있었을 뿐이다.

'7월 14일..

왜냐 선생님의 「허생전」셋째 시간은 없다! 아마 그 시간은 영원히 오지 않을 것이다. 왜냐 선생님한테 배울 「허생전」은 영원히 다 배우지 못하는 셈이다.

아침에 등교하려니까 교문이 한쪽만 열려 있었다. 그리고 교문 주위에 교감과 교무주임 선생님, 그리고 못 보던 이들이 서성이고 있었다. 나는 설마 하였다. 하지만 교실에 들어가 아이들이 입 모아 하는 얘기를 들었을 때, 그건 사실이 되었다. 왜냐 선생님이 학교에 못 들어오게 막은 것이었다.

온 학교가 술렁거렸다. 하지만 쉬는 시간만 그럴 뿐 수업 시간은 전처럼 지나갔다. 나는 무엇에 관심조차 두기가 싫고 학교에 불이라도 나서 얼른 집에 가게 되었으면 하였다. 책마다 깨알같이 박힌 글자와 누가 하는 그 어떤 소리도 모두 거짓말 같고, 눈보라치는 산마루의 그 투사만 자꾸 어른거렸다. 그의 탁한 목소리가 아득히 메아리치곤 했다. 왜냐, 왜 그러는 거냐, 왜 그러고 있는 거냐……

국어 시간에 담임선생님이 대신 들어오셨다. 선생님은 이렇게 말했다. 누구든 너무 자기주장만 앞세워서는 안 된다. 민주주의는 다수결이다. 모든 의사 표시는 절차를 밟아 법대로 해야지, 남이 어쩐다고 우우 거기에 쏠려서는 못쓴다.

나는 속으로 중얼거렸다. 허생이 선비의 법대로 돈벌이를 하지 않았다면 도둑들을 사람답게 살도록 해줄 수 있었을까요? 다수결이라면 그야말로 이완 대장이 좋아하는 건데, 그럼 선생님은 세력 있는 자들의 눈치나 보는 이완 대장이 옳고 그를 찌르려던 허생은 그르단 말씀입니까?

하지만 몸속 어딘가에서 이런 소리가 들려왔다. 안 돼. 그건 네 일이 아냐. 네 일은 따로 있어. 딴 곳에 있어. 네가 이완 대장의 세상을 알기는 아는 거야?

그때 선생님이 날카롭게 말했다.

"박윤수는 어디 갔지?"

나는 소스라치며 살펴보았다. 윤수의 자리가 비어 있었다. 어디가 아파 양호실에 갔는지도 몰랐다. 그런데 누군가가 말했다. 선생님, 저기 저게⋯⋯

창밖을 보았다. 땡볕이 쏟아지는 누우런 운동장 한가운데에 누가 홀로 주저앉아 있었다. 윤수였다. 무릎 앞에 무어라 적힌 종이가 세워져 있었다. 나는 온몸이 떨렸다. 그 종이에 적힌 말은 보이지 않아도 읽을 수 있었다. 아이들이 우르르 창가로 몰렸다.

자리에 앉아라, 앉아! 저, 저 녀석이 퇴학당하고 싶어서!

선생님이 밖으로 달려나갔다.

나는 일어섰다. 그리고 온몸의 움직임을 또렷이 느끼면서 복도를 지나, 운동장 가운데로 뛰기 시작했다. 윤수가 땅바닥에 누워버리는 게 보였다. 내가 업으러 가는지 업히러 가는지 알 수 없었다.

왜냐 선생님의 「허생전」 수업은 계속되고 있다.

반성문을 쓰는 시간

'10월 8일..

　이번 일로 많은 사람에게 피해를 주고 염려를 끼쳤다. 나는 지금 반성한다.

　먼저 선생님들께 죄송하다. 담임선생님께서는 우리들을 하나씩 불러다 자초지종을 묻고 꾸짖으시느라, 그리고 서류를 꾸며 교무회의에 제출하고 사태를 설명하시느라 공부도 못하는 우리들 때문에 아주 초췌해지셨다. 학생주임 선생님도 수고를 많이 하셨다. 학부형들과 몇 차례씩 면담을 하시고, 여러 곳을 드나들며 일이 더 커지지 않도록 막으시기에 바빴다. 회의를 거듭하며 마땅한 해결책을 찾기에 괴로우셨을 교감, 교장 선생님께도 무어라 드릴 말씀이 없다. 교장 선생님께서는 경찰에서 먼저 알고 의심을 품었으니 상부에서 어떻게 여길지 걱정이라고 하셨다는데, 그 고충이야 이루 말할 수 없었을 것이다.

반 분위기가 쑥밭이 되는 바람에 공부에 지장을 받은, 이번 일에 관련되지 않은 여러 급우들한테도 아주 미안하게 생각한다. 그들 가운데 몇은 우리 일을 조금 눈치 채고 있었는데, 걔들은 바로 그 눈치 챈 것 때문에 더 불안하고 혼란스러웠을 것이다(그런 친구들이 있었다는 사실은 여기서 처음 밝히는 것이다. 이해해주실 줄로 믿는다).

내가 사고를 저지른 데다 주동자로까지 지목되는 바람에 제일 충격을 받았고, 그래서 가장 마음 아픈 게 누나다. 부모님이 일찍 돌아가셔서 나를 키우다시피 한 누나다. 누나는 맹장 수술을 받으면서도 열었던 가게를 나 때문에 이틀씩이나 닫았다. 그리고 학교와 경찰서를 뛰어다니며 사정하고 다른 애들의 부모님께 나를 좀 좋게 보이려고(사실은 그분들이 모든 잘못을 나한테 덮어씌울지도 모른다고 생각하여) 눈이 시뻘겋게 충혈되도록 돌아다녔다. 아무 죄도 없으면서 자형 또한 양복을 차려입고 아버지 격으로 불려다니며 사과하고 부탁하기에 바빴다. 이제까지 나는 누나와 자형한테 얹혀살면서도 그들을 무시해왔다고 하는 게 옳은데, 이런 나쁜 일을 계기로 그들이 나한테 얼마나 소중한 사람인가를 알게 되었으니 참 묘한 일이다. 묘하기도 하지만, 정말 부끄러운 일이다.

모든 일이 다 내 탓이다. 다른 애들은 모두 나 때문에 처벌을 받게 된 것이다. 나보다 벌이 가볍기는 하지만, 그동안 학교와 집에서 겪은 고통은 나나 다름없을 터이다. 지금 생각해보니, 지도실에 줄지어 무릎을 꿇고 있었던 때나 잘못했으니 오직 선처를 바란다는 글을 쓰라고 담임선생님이 어두워가는 교실에 우리만 남겨놓으셨을 때, 무어라 사과의 말 같은 것을 했어야 한다. 하지만 나는 그러지 않았고 그럴 마음조차 먹은 적이 없었다. 무척 어이없이 들릴지 모르겠으나, 설마 일이 이렇게 되고 엄한 처벌까지 받으리라고는 생각지 않았기 때문이다. 차라리 누군가 나를 원망이라도 했으면 빈말로라도 사과를 하게 되었을지 모른다. 그런데 누구도 그러질 않았으니 참 좋은 친구들이다. 아니 그렇다기보다, 아마 걔들도 나와 비슷한 생각을 했거나 나처럼 잘못을 늦게 깨달아서 미처 원망하는 마음이 들지 않았던 것 같다. 어떻든 여러모로 미안하다. 물론 애초에는 짐작도 못했던 일이지만 결과가 이렇게 되고 보니 할 말이 없다. 담임선생님께서도 말씀하셨다시피 결과가 문제지 동기나 과정이 무슨 의미가 있는가.

다시 등교할 수 있게 될 때까지 이번 기회에 나 자신과 그 밖의 것들을 찬찬히 돌이켜보아 다시는 이런 일이 생기지 않도록 해야겠다.

'10월 9일..

곰곰 돌이켜보니, 나는 정말 모르는 게 너무 많았다. 그게 사태를 더욱 악화시켰다. 알아야 할 걸 모르는 것도 큰 잘못이다.

그 노인이 경찰의 감시를 받는 사람인 줄 까맣게 모르고 있었다. 낡기는 했어도 그렇게 크고 멋진 집에 노인 혼자 사는 게 좀 이상스럽기는 했지만 그런 과거가 있으리라고는 정말 짐작조차 하지 못했다. 그런 줄 알았다면 그 집이 아주 달라 보였을 테고, 거기서 저녁마다 모이지도 않았을 거다. 암만 몰랐다고 이야기해도 믿어주지 않아 괴로웠지만 결과적으로는 다소 믿어준 것 같아 다행스럽다.

두 사람 이상이 어떤 목적을 갖고 자주 모이면 정해진 틀의 서류에 적어서나 아니면 말로라도 선생님께 알려야 한다는 것을 나는 일이 나고서야 알았다. 그런 규정이 어느 법률에 있는지 경찰서에서도 비슷한 말을 들었는데, 그야말로 금시초문이었다.

나는 생활기록부라는 게 있는 줄은 알았지만 그렇게 중요한 줄 몰랐었다. 누나를 포함한 다른 학부형들은 말할 것도 없고 선생님들까지 처벌 자체보다 거기에 '빨간 줄이 그어지는' 걸 더 심각한 일로 여겼다. 학부형들은 어떻게든 그것만은 면하게 하려고 갖은 애를 썼다(그래서 '처벌은 하되 이번만은 생활기록부에 적지 않겠으니 각별히 유념하라'는 최종 결정에 모두가 무척 감사하고 있다).

그렇게 여러 날 저녁 붙어지냈으면서도 다른 애들에 대해서도 모르는 게 아주 많았다. 나하고는 이야기를 잘하는 광식이가 집에서는 식구들과 거의 말을 주고받지 않는다는 사실을 이번 일 때문에 알게 되었다. 게다가 걔가 학원에 간다면서 거기에 왔고, 저금이라던 돈이 학원비인 줄 몰랐었다. 준태에 관해서도 그렇다. 걔의 음반과 시디 플레이어, 녹음기 따위는 옆집 아저씨의 것을 허락도 없이 가져온 것이었다. 성규, 현석이, 순모에 대해서도 몰랐던 점이 많다. 특히 성규네 집에서는 아무도 학교에 와보지 않았다. 광식이는 개 말대로 '식구들이 너무 공부하라고 쪼아대기만 해서' 그랬고, 준태는 그토록 음악을 좋아하면서도 그것들을 살 만한 돈이 없어 그랬으며, 성규는 전에도 한 번 사고를 일으킨 적이 있어서 그랬다고는 해도, 그런 잘못을 범할 계기를 만든 사람인 셈이니까, 나는 알고 있어야 했다. 알아야 할 걸 몰랐다면 응당 그 책임을 져야 한다.

몰랐던 게 어디 그뿐인가. 무엇보다 나는 나 자신에 대해 너무 모르고 있었다. 도무지 정신을 차리지 못하고 쩔쩔매면서 사태가 어찌 돼가는지조차 제대로 파악하지 못했다. 솔직히 말해서, 왜들 그렇게 야단인지, 뭐가 그렇게 심각한지, 도대체 그 많은 물음에 대한 나의 대답들이 왜 그렇게 상대방을 만족시키지 못하는지 어리둥절하기만 했다. 누나 말마따나 '음악병, 문학병이 겹쳐 꿈속을 헤엄치면서 세상이 온통 제 맘 같은 줄만 여겨온 녀석'이 바로 나였던 성싶다. 정말 '아는 것이 힘이다.' 모르는 것은 죄다.

지금 생각났는데, 이렇게 쓰면 반성문이 되는 건지도 나는 잘 모르고 있다. 틀에 좀 어긋나더라도 용서해주시기 바란다.

'10월 10일..

집 밖에 나갈 수가 없었다. 밖에 나가면 사람마다 이상스레 쳐다

보면서 대낮에 학교엔 안 가고 무얼 하느냐고 물을 것 같았다. 이게 다 '무기정학' 속에 들어 있는 벌이라는 생각으로 책상에 앉아 교과서를 펼쳤지만 글자가 눈에 들어오지 않았다. 그것도 벌의 하나라고 여겨야 할 것 같았다. 머리가 아프고 몸이 뜨거운 데다 귓속에서 컵 같은 게 바닥에 떨어지며 깨지는 듯한 소리가 자꾸 나는 바람에 도무지 생각이 이어지지 않는 증세도.

오후 내내 창가에 앉아 우두커니 밖을 내다보기만 하였다. 거리는 활기찼다. 내가 그렇게 바라보지 않았던 무수한 날들에도 그랬던 것처럼. 이미 죽어버린 사람들이 살았을 적에도 그랬던 것처럼.

또 하루를 결석했지만, 여전히 나한테 결석은 결석이 아니다. 나는 출석과 결석, 우등생과 열등생, 백점과 빵점이 모여 사는 나라의 경계선 밖에 있다. 나는 '무기無期'로 그 밖에 놓여 있다. 지난 일을 반성할 때는 반성한다 치더라도, 지금 여기가 어디며 내가 누구인지, 이제부터는 무얼 어째야 하는지를 모르는 채 막막하게. 이게 다 '무기정학'이란 말의 뜻이다. 나는 그 뜻을 온몸으로 배우고 있다.

오늘은 이 반성문 공책 한 쪽을 다 채우지 못한다. 더 반성할 기력이 없다.

˙10월 11일˙˙

　누나가 약을 지어다 떠맡기는 바람에 할 수 없이 먹고 누워 있었다. 이불 속에서 뒤척이다 보니 생각이 자꾸 한 가지 기억 주변을 맴돌고 있었다.

　모든 게 그 비 내리는 일요일 저녁, 그 집에 갔을 때부터 시작되었다. 그날은 아침부터 비가 와서 중심가의 공연장이나 전람회장을 기웃거리려던 계획을 포기하고 종일 이 책 저 책 뒤적거렸다. 저녁나절이 되니까 지루하기도 하고 하루를 너무 헛되이 보낸 것 같기도 해서 무작정 집을 나섰다. 노상 다니던 길을 일부러 피하며 이 골목에서 저 골목으로, 큰길을 건너서 다시 골목으로 헤집고 다녔다. 어딘가로 멀리 떠나고픈 느낌, 그러지 못해 좀 서글픈 것 같은 심정이 가슴속에 고이고 있었다. 우산 밑으로 파고드는 빗발에 옷이 후줄근하게 젖었을 무렵, 나는 근처가 한눈에 내려다뵈는 어느 고개에 서 있었다.

　해거름인 데다 비가 와서 사방이 우중충했다. 그런데 건너편 등성이의 한 곳이 시선을 끌었다. 거기에는 제법 여러 그루의 나무가 작은 숲을 이루고 있었다. 꽃 한 그루 심을 자리도 없게 다닥다닥 엉겨붙기만 한 집들 사이에 그렇게 커다란 나무들이 우거진 곳이 있는 게 무척 기이했다. 게다가 나무들 사이로 흐릿하게 보이는 그 집의 모양새가 아주 특이했다. 나는 야릇하게 가슴이 두근거림을 느끼면서 옷이 다 젖은 것도 아랑곳 않고 그쪽으로 발을 옮겼다.

거기로 들어가는 문은 막다른 곳에 있었다. 나무 조각을 덧붙여서 간신히 내려앉는 걸 면한 상태였는데 슬쩍 밀자 소리 없이 열렸다. 사람이 살지 않는 것처럼 뜰은 잡초투성이였다. 비에 젖어 먹빛 일색인 아름드리 나무들이 드문드문 거대한 기둥처럼 서 있었다. 워낙 고목이어서 줄기가 뒤틀리고 썩은 것도 있었지만 올려다보면 모두 높직이 솟아올라 무성한 잎사귀로 어두워가는 회색빛 하늘을 떠받들고 있었다. 나는 왠지 그 풍경이 마음에 들었다. 아주 옛날의 어느 곳, 출입이 금지된 성스러운 장소에 와 있는 느낌이었다. 나는 잡초 사이로 희미하게 나 있는 길을 따라 걸었다. 질퍽거리고 침침한 나무들 밑을 몇 차례 지나자 희뿌연 건물이 저만치 보였다.

그 건물은 정말 서양의 무슨 고대 신전처럼 돌로 만든 네 개의 두리기둥이 입구를 떠받치고 있었다. 낡고 군데군데 부서지긴 했어도 처마라든가 모서리 따위가 섬세한 무늬로 장식되어 있었고 모든 문이 홍예문이었다. 그것은 그저 밥먹고 자기 위해서만 지은 집들하고는 달랐다. 나는 옷이 젖어 추운 데다가 흥분까지 되어 진저리를 치면서 무슨 덩굴무늬가 정교하게 조작된 현관 손잡이를 당겨보았다. 문은 뜻밖에도 잠겨 있지 않았다. 마루가 깔린 널따란 공간으로 들어섰다. 천장이 아주 높았다. 창으로 흘러든 희미한 빛이 이층으로 올라가는 활처럼 구부러진 계단의 난간 기둥을 드러내고 있었다. 거기 무엇이 감겨 있었다. 나는 도둑처럼 눈을 사려 뜨며 가까이 다가갔다. 거기 감겨 있는 건, 커다란 한 마리 용이었다……

나는 지금 무얼 하고 있나? 그래, 모든 게 그 집에 간 데서 시작되었음을 말하려다가 쓸데없이 길어졌다. 하지만 거기 간 일 자체가 잘못이라고는 할 수 없다. 문제는 그 집에서 놀이판을 벌였다는 점이다. 아니, 계획한 놀이판을 벌이지는 못했으니까, 여러 날의 준비 끝에 놀이판을 벌이려 했다는 사실이다. 아니 그것도 아니고, 학생주임 선생님의 말씀에 따르자면, '위험한 데서 놀자판을 준비하며 놀았다'는 그 점이다.

나는 왜 그렇게 그곳이 좋았던지 모르겠다. 어른과 선생님들께 (경찰서까지는 정말 생각지도 못했다) 알리지 않고, 어쩌면 다른 사람들한테는 절대로 알리지 말자는 약속이 있어서 더욱 즐겁게, 왜 저녁마다 거기를 드나들며 그런 일을 계획했었는지 모르겠다.

잘 봐줄 테니 염려 말고 사실대로 말하라면서, 형사는 거듭 물었다. 하필이면 그런 낡고 후미진 데서 모였느냐, 너희들 조직에 뭔가 감출 게 있거나 누군가가 그럴 만한 이유가 있어 정해준 거 아니냐…… 모르는 걸 잘 아는 듯이, 그렇지 않은 것을 그런 듯이 말한다고 해서 반성을 더 잘하는 건 아닐 터이다. 내가 왜 그곳이 그렇게 좋았는지, 다른 애들도 처음 거기에 데리고 갔을 때 왜 하나같이 멋지다고 했었는지, 나는 지금 다시 돌이켜봐도 역시 모르겠다. 조직이라니, 우리는 조직 같은 걸 꾸민 적이 없고, 다들 그저 장소가 좋고 친구들이 좋아서 모이곤 했다는 게 이유라면 이유라고 해도, 형사는 같은 말을 자꾸 되풀이했다. 그런 건 이유가 못 돼! 딴 이유가 있을 거야. 한 달 가까이 저녁마다 모였고 그런 수상한 짓까지 하려고 했으면서 그 이유를 모른다니, 자기가 한 행동을 자기가 모르면 누가 알지?

나로서는 설명하기 어려운 이유, 어쩌면 있지도 않을 이유를 댈 수는 없다. 다른 애들 가운데 누군가는 거기 사는 노인이 좋아서였다고 대답해버린 모양이었지만(그래서 일이 더 꼬였다. 왜 좋았느냐, 그 노인이 했던 말들을 각자 종이에 적어라, 내용이 서로 조금이라도 어긋나면 전부 처음부터 다시 써야 한다……), 그건 그리 중요한 이유가 못 되는 것 같다. 우리는 끊임없이 기침을 하는 그 노인을 좀 꺼림칙하고 이상하게 여겼고 어찌 보면 조금 좋아하기도 했다. 그러나 그 까닭은 잘 모르겠지만, 노인보다는 그가 사는 집이 좋았다는 게 맞을 것이다.

오늘은 이미 몇 번이나 했던 얘기를 되풀이한 셈인데, 무얼 회피하거나 변명하려는 뜻은 없다. 나로서는 너무도 엉뚱한 말들에 휩싸여 갈피를 못 잡고 허둥댔었기 때문에, 반성하는 마음으로 다시 한 번 돌이켜보아 좀더 사실에 가까워지고 싶었을 뿐이다. 열이 올라서 볼펜을 잡은 손이 떨리더라도, 그저 생각만 하기보다 이렇게 쓰다보면 더 분명해지고 정리가 되니까.

·10월 12일·.

　오늘도 몸이 아팠다. 그러나 약을 먹지는 않았다. 왠지 그래야 할 것 같았다.

　아침에 광식이 어머니께서 찾아오셨다. 광식이 어머니가 그렇게 귀부인 같은 분일 거라고는 생각지 않았기에(그렇다고 특별히 달리 생각한 적도 없지만) 무척 당황스러웠다. 부랴부랴 꾀죄죄한 베개를 감추고 이불을 개면서 들어오시라고 기어드는 목소리로 말했다. (이렇게 글로 쓸 때는 제법 주워섬기면서, 입으로 말할 때는 그런 경우에 도대체 나는 왜 그렇게 움츠러들곤 하는지 모르겠다.) 광식이 어머니는 그냥 있으라면서 내 이마를 짚어보시며 열이 많다고 걱정하셨다. 그리고 방 안을 둘러보고는 음악을 좋아한다던데 책도 많이 읽는 모양이라고 하셨다. 나는 도무지 부끄럽고 죄스러워서, 걱정을 끼쳐드려 죄송스럽다고 간신히 말했다.

　"아니다. 너희 잘못이 아니다. 네 잘못도 아니고."

　그런 말은 이번 일 터지고는 처음 들었다. 나는 왜 그러시는지 몰라 잠자코 있었다. 그리고 저런 어머니가 계신데 광식이는 왜 그렇게 집에 들어가기 싫어했을까 하는 생각을 하고 있었다.

　"광식이와 어떻게 해야만 대화를 할 수 있을지 모르겠다. 요즘 들어 걔가 식구들한테 점점 더 굳게 마음을 닫고 있어. 너하고는 잘 통하나 보던데, 혹시 걔가 여길 오면 좀 잘 이야기해주렴. 걔 아버지와 내 잘못이 크다. 우리도 이젠 그걸 알고 있어. 형들은 잘 따라주었기 때문에 개도 그럴 줄 알았는데, 여행 한 번 허락 안 해줬으니…… 광식이는 광식이인데 말이다…… 부탁한다. 너는 텔레비전에서 본 거나 흉내 내는 애들하고는 다른 것 같다. 광식이랑 다른 애들이 왜 너를 따랐는지 짐작이 가는구나. 네가 좀 도와주렴."

그런 말씀을 하실수록 나는 더욱 고개를 들 수가 없었다.

광식이 어머니가 가신 뒤에 나는 문득 공연장에 거저 들어가려고 입구에서 서성이곤 하던 내 모습이 떠올랐다. 기다리는 이가 나타나지 않으면 나 같은 애에게 표를 주어버리는 사람이 간혹 있었다. 그런 행운, 남의 불행을 틈탄 그런 행운을 잡기 위하여, 나는 이미 공연이 시작된 시각에, 안에서 흘러나오는 희미한 음악에 귀를 모은 채 서성이곤 했다. 아주 초라하면서도 순진한 모습이 되려고 한껏 애를 쓰면서. 그런 내 모습이 왜 떠올랐는지 모르겠다. 나는 나도 모르는 사이에 광식이 어머니나 아버지의 표를 가지고 그 거목들에 둘러싸인 집에 저녁마다 입장했던 것은 아닐까? 아니, 광식이 어머니가 가시고 혼자 남은 방에서, 나는 광식이 몫의 표를 들고 개네 집에 입장하고 싶었던 것일까?

지금이라도 약을 먹고 기운을 차려야 할 것 같다. 아니 더욱 먹어서는 안 될 것 같다.

도대체 어디까지가 나의 책임이고, 어찌해야 제대로 반성을 하는 게 될까?

'10월 13일..

   살인자가 되고 싶어 살인하는 사람은 없을 것이다. 자살을 하기 위해 살아온 자살자가 없듯이. 나 역시 처벌을 받으려고 그런 행동을 하지 않았다. 그런데 왜 그런 불행한 결과들이 생겨나는 것일까? 나는 자꾸 따지게 된다. 다람쥐 쳇바퀴 돌듯이 한 자리에서 맴돌며.

   가난뱅이인 사람, 시험에 떨어진 사람, 좋아하는 여자와 결혼하지 못한 사람, 키가 작거나 얼굴이 못생긴 사람…… 그들 모두가 스스로 원해서 그렇게 되지 않는다. 그런데 원치 않았더라도 그렇게 된 데에는 무엇인가 원인이 있을 것이다. 하나 또는 여럿의, 자기 힘으로 어째볼 수 없거나 있는, 불행을 가져온 그 어떤 원인이.

   나는 지금 불행하다. 처벌을 받았기 때문이다. 그리고 처벌을 받은 까닭은 해서는 안 되는 일을 했다는 데 있다. 그리고 다시, 해서는 안 되는 일이 정해져 있는 것은, 순모 아버지의 말씀대로라면 "아직 어려서 보호받아야 하니까"이고, 취조 형사의 말로는 "질서를 유지해야" 하기 때문이다. 그런데 나의 불행은 키가 작거나 얼굴이 못생긴 경우처럼 그 원인이 뚜렷하지 않은 듯하다. 우리들을 경찰에 신고한 사람이 있어서 모든 일이 시작되었는데도(그리고 보니 그 사람이 누구인지, 무어라고 했길래 경찰이 거기까지 왔었는지를 여태 모르고 있다), 아직까지 내가 '보호'라든가 '질서' 같은 말의 뜻도 모르고 있는 건 아닐까?

오늘 읽은 「바비도」라는 소설의 주인공은 일부러 죽음을 선택했다. 살 수 있었는데도 화형이라는 벌을 택했다. 자기의 양심을 지키겠다는 뚜렷한 이유에서. 그래서 그의 행동은 힘이 있었고 그의 불행은 아름답고 장엄하였다. 그 사람한테 벌은 벌이 아니고 불행도 이미 불행이 아니다. 그 집에 사는 노인은 어떤가? 그분 역시 자기의 불행을 불행으로 여기지 않고 사는 것 같았다. 아름답고 장엄하다고는 못해도 또 그분에게는 어떤 힘이 있었다. 그런 과거가 있다는 걸 몰랐던 때에는, 내가 보기에 그분은 불행하지 않았고 무슨 벌 따위를 받으며 사는 이 같지도 않았다. 그러나 생각해보면, 입만 열면 어떤 일과 사람에 대해 차갑게 비난을 해대며 사는 사람이 행복하다고는 하기 어렵다. 그렇다면 그분은 일부러 불행을 선택한 걸까, 어쩌다 불행해진 걸까? 아니 그분이 정말 불행을 느끼며 살지 않는다면, 나름대로의 행복을 선택한 셈일까?

　도대체 행복이라든가 불행이라는 게 오리무중이다. 일부러 선택을 했느냐 어쩌다 보니 그렇게 되었느냐 하는 것도. 그러고 보면, 원인이라는 것도 그렇다. 키가 작거나 얼굴이 못생긴 결과를 놓고 부모가 그래서 그런 게 아니고 하느님의 섭리 때문이라고 할 수도 있지 않은가.

　따지면 따질수록 자신이 낯설고 세상이 낯설어진다. 내가 하고 있는 게 반성이라면, 반성은 사람의 생각을 분열시키고 모든 것을 낯설게 만드는 듯하다.

'10월 14일..

　판단이 자꾸 빗나간다. 마음에도 없는 엉뚱한 행동을 하게 된다. 정말 반성할 일이다.

　오늘 누나하고의 다툼도 그렇다. 나는 누나가 요새 나를 두려워한다고 생각했었다. 학교에 가지 못하게 된 뒤로, 전과는 달리 아주 부드럽게 나왔으니까. 하지만 나는 틀렸다. 사실을 알았으면 그만일 텐데 싸움은 왜 했는지 모르겠다.

　누나는 항상 열한시경이면 내 방을 순찰하곤 한다. 하루쯤 빼먹지도 않고. 가게 문을 닫는 게 그때여서 시간은 전이나 다름없었지만, 정학을 당한 뒤로 누나는 좀 변한 것 같았다. 소설책 나부랭이는 그만 좀 읽어라, 대학엔 어떻게 들어가려고 밤낮 그렇게 뭘 끄적거리기만 하냐, 음악을 들으면서 무슨 공부가 되느냐 등등의 얘기는 꺼내지도 않고, 슬슬 눈치까지 보았다. 아까만 해도 그랬다. 누나는 가만가만 계단을 올라와 조심스레 문을 두들겼다. 그리고 먹을 게 가득한 쟁반을 먼저 들여놓은 다음, 아무렇지도 않으려고 애쓰는 이상한 음성으로 오늘은 뭘 하고 지냈느냐고 물었다. 나는 누나를 안심시켜주려고 집에서 공부를 했다고 말했다. 그런데 누나는 무슨 공부를 했느냐, 공부가 잘되더냐, 집에만 있으니 답답하지 않더냐 등등을 꼬치꼬치 캐물었다. 나는 적당히 대꾸를 했는데, 문득 이상한 기분이 들어 고개를 들어보니 누나의 얼굴이 험상궂게 일그러져 있었다. 누나는 한참 쏘아보더니 말했다. 너는 거짓말이 아주

몸에 밴 모양이로구나. 도서관에 다닌다면서 나 몰래 엉뚱한 짓을 하다가 된통 혼이 나고 있으면서도 도대체 정신을 못 차리니 사람 되기는 그른 것 같다. 누나는 어느새 때꾼때꾼한 본래 자기 음성으로 말하고 있었다.

거짓말이란 다른 게 아니고, 오늘 오후에 광식이가 와서 둘이 한참 이야기를 하다가 함께 나가 두어 시간 쏘다녔는데, 그걸 말하지 않은 것이다. 누나는 쏘아댔다.

"너희들끼리 다시는 절대로 몰려다니지 말라고 한 선생님의 말씀을 벌써 잊었니? 게다가 광식이 개는 머리를 박박 깎았더라며? 너도 곧 깎겠구나? 이왕 반항을 하겠으면 아예 학교를 그만두지 그러니?"

누나가 쓸데없는 걱정을 할까 봐 말하지 않았을 뿐인데 거짓말 운운하며 심한 말을 하는 게 도저히 참을 수 없어 나도 모르게 내뱉었다.

"감시꾼들을 많이도 두었군. 옆집에도 누나 같은 사람들이 많은가 보지? 아니, 머리도 마음대로 못 깎나? 머리를 깎으면 꼭 반항하는 거고? 반성하는 뜻에서 깎았다면 어쩔 거야? 다른 사람을 무조건 그렇게 보지 말라구. 광식이는 마귀도 아니고 깡패도 아니야."

"너 말솜씨 좋은 건 이번 참에 아주 잘 알았으니까 얘기를 딴 데로 돌리지 마. 내 말은, 몰려다니지 말라고 했으면 무조건 그걸 지키란 말야. 혐의 입을 짓은 아예 하지를 말라 이거야. 나나 네가 무슨 힘이 있다고 그렇게 자신만만하게 구는지, 정말 세상을 몰라도 너무 모르는 거 아니니? 그런데 너, 쓰라는 반성문은 꼬박꼬박 쓰고 있겠지?"

"몰려다닌다고 그러는데, 우린 몰려다닌 적 없어. 그냥 함께 다녔을 뿐이지. 세상을 모른다는 말도 우스워. 세상이 그렇게 무서워? 무섭기만 한 게 세상이면, 구태여 알려고 애쓸 필요가 어디 있담."

"너 혼자 사는 세상이니까 맘대로 해라. 이상해지든 괴상해지든 상관하지 말고. 원 세상에 애가 띠앗머리라곤 눈곱만치도 없어."

"이상한 게 뭐 어때서? 알고 보면 사람은 다 얼마간 이상한 거 아냐?"

누나가 나를 두려워했던 적은 없다. 누나는 단지 순찰과 감시의 방법을 조금 바꿨던 것뿐이다. 나를 두려워하거나 무서워하는 척하는 방식으로. 그건 아마도 내가 더 큰 잘못을 저지를까 봐 그랬을 거다. 그러니까 누나는 내가 아니라 내가 지은 죄와 지을지도 모르는 죄들을 두려워하고 염려한 셈이다(하지만 누나가 오로지 죄 때문에 전전긍긍한다고, 죄가 두려워 아예 그에 조종당하다시피 행동한다고 말하는 건 좀 지나친 것 같다. 그러면 누나는 자기가 두려워하는 그 막강한 죄로부터 나를 지키려다가 실패한 사람에 지나지 않게 되고 마니까). 어쨌든 어제 오늘에 시작된 게 아닌 누나의 순찰에는 죄의 끈 같은 게 한 가닥 연결되어 있다. 누나의 눈에는 부모 없이 키운 동생에 대한 사랑만 보일 것이다. 허나 내 눈에는 그 그림자, 거기에 비끄러매인 죄의 끈이 보인다.

무죄의 땅은 유죄의 땅 옆에 붙어 있는 모양이다. 가다 보면 어느새 다른 땅에 서 있게 되기도 하고, 가만히 있는데도 그 경계선이 제멋대로 자기를 타고 넘어 움직여버릴 수도 있다. 저 땅의 물로 이 땅의 농사를 짓기도 하고, 이 땅의 돈으로 저 땅의 열매를 사기도 한다. 그러므로 두 땅의 경계선은 없는 거나 마찬가지다…… 과연 그럴까? 이게 바로 이상한 사람이 돼가는 증상은 아닐까?

오늘은 누나의 두려움만 더욱 키워주는 행동을 했다. 자꾸 반성 거리를 늘려가고 있다. 누가 보더라도 반성하는 게 못 되고, 반성문을 쓰고 있는 것도 아닌 성싶어 불안하다. 불안하다는 말이라도 이렇게 여기 적어놓아야 마음이 좀 가라앉을 것 같다.

'10월 15일.

이틀만 더 있었으면, 우리가 여러 날 준비하며 기다린 밤이 왔을 것이다. 그 밤은 보통 밤과는 아주 다른, 그리고 우리가 처음으로 함께 지새는 밤이 되었을 것이다.

내가 벌이고 싶었던 것은 '축제'였다. 하지만 다른 애들은 그 말을 낯설어하였다. 그래서 낙착을 본 말이 '놀이판'이었다. 축제든 놀이판이든 '놀자판'이든 간에 계획을 세우고 준비만 했지 실제로 벌이지는 못했으니까 그 말들 사이에 어떤 차이가 있는지, 어떤 말이 더 적절한지 모르겠다. 말이야 어떻든지, 우리들이 의견을 모아 계획한 그것, 아니 적어도 내가 꿈꾼 그것이 무엇이었나를 지금이라도 낱낱이 살펴야겠다. 왜냐하면 그게 아주 중요한 문제인 것 같은데 이상하게도 소홀히 넘어갔기 때문이다(이건 나나 다른 애들 잘못이 아닌 듯하다. 우리는 '그렇지 않다'는 말을 하기에도 바빴으니까).

그날 밤, 예정대로 우리는 그 집에서 한숨도 자지 않았을 것이다. 사방이 제법 조용해지는 열시가 되면, 먼저 각자 편한 자세로 앉아 한 시간쯤 명상의 시간을 갖는다. 그러는 동안은 물론이고 날이 밝을 때까지, 모두가 정해진 시간을 빼놓고는 쓸데없는 말은 한마디도 하지 않는다. 그 다음에는 미리 짝지워진 사람과 둘씩 어두운 뜰로 나가서 두 시간쯤 만남의 시간을 갖는다. 상대방에 대해, 혹은 상대방과 함께하려고 생각해두었던 얘기를 무엇이든 솔직하게 주고받는다. 그러고 나서는 다시 집 안으로 들어와 노인의 말씀을 듣는다. (학교와 경찰서에서 우리들이 이구동성으로 말했듯이, 그 순서는 노인이 요구해서 들어간 게 아니다. 그분이 말씀하시기를 좋아하는 데다 우리 때문에 어차피 그날 밤은 주무시기가 어려울 터이기에, 아니 무엇보다도 수염이 마구 자란 그분의 얼굴과 번쩍이는 눈빛, 그리고 거리낌 없는 독설이 그 밤의 분위기에 어울리는 성싶어 우리가 졸라서 넣은 순서다.)

이미 다 말하고 또 써서 냈듯이, 우리가 처음부터 여섯 명이었던 건 아니다. 내가 그런 집이 있다는 걸 처음 말한 것은 광식이와 성규한테다(정말 맨 먼저 얘기하고 싶은 사람은 윤수였지만 끝까지 일부러 눈치도 보이지 않았다. 저번 왜냐 선생님 사건 때 항의한 일로 특히 담임선생님 눈 밖에 났으니까 무언가 불안해서 보호한다고 그랬었는데, 지금 생각하면 그거 하나만은 정말 잘한 일이었다). 놀이판 얘기는 우리 셋이 그 집에 자주 모인 지 두 주일쯤 지나서 나왔다. 내가 그것을 처음 제안했을 때는 명상의 시간이나 만남의 시간은 없었다. 중심은 음악과 춤이었다. 준태, 현석이, 순모 그 세 사람도 그걸 좋아했기 때문에 끼워넣었다. 다른 순서는 나중에 덧붙은 일종의 준비 혹은 단련 과정이었다. 모두 하나가 되기 위한, 어쩌면 더욱 깨끗하고 경건해지기 위한.

　노인의 연설이 끝난 뒤, 모두가 잠에 취한 그 시간에 우리는 드디어 딴사람이 되었을 것이다. 준태가 편집한 녹음테이프에서 연달아 흘러나오는 음악. 우리는 아무 말 없이 각자 내키는 대로 끊임없이 노래하고, 춤추고, 음악에 취한다. 날이 샐 때까지는 아무도 잠을 자거나 그 집에서 나갈 수 없다. 땀이 나고 배가 고파도 결코 멈춰서는 안 된다…… 열정 소나타, 해 뜨는 집, 세노야, 봄비, 월광, 재즈, 헤비메탈…… 곡들을 모아다 고르고, 조명 기구들을 설치하고, 소리와 빛이 새 나가지 않도록 창문을 종이나 천으로 봉하던 시간들, 다른 사람들한테는 절대 비밀로 하고 필요한 비용을 마련하기 위해 저금통을 털던 그 당시에 우리들은 얼마나 즐거웠던가. 현석이는 야구나 태권도 같은 것에 빠지거나 여자애 꽁무니를 따라다니는 애들을 비웃었다. 내가 이런 말을 했던 게 기억난다. 음악과 춤은 제일 오래된 예술이야. 저번에 음악회 표를 주시려고 음악 선생님께서 나를 부르셨을 때 들은 얘긴데, 원시인들은 춤과 음악으로 영혼을 불러냈다는 거야…… 그러나, 경찰서와 학교에서 거듭 거듭 아주 작은 것까지 남김없이 말하고 적던 그때, 그 계획은 얼마나 우스꽝스럽고 초라했던가. 축제라니, 그건 먹고 마시는 거 아니냐고 비웃었을 때, 수치심에 떨며 제대로 설명하지 못하는 자신에 대해, 아니, 이것이오 하고 당당하게 내놓을 게 없는 우리의 놀이판에 대해, 나는 얼마나 실망했던가.

반성反省: 자기가 한 일을 스스로 돌이켜 살핌.

'10월 16일..

오랜만에 산책을 나갔다. 한낮의 햇살이 따가워서인지 자꾸 현기증이 났다. 아무런 목표도 없이 걸었는데 한참 가다보니 의식적으로 그 집의 반대 방향으로 가고 있었다. 그 집에서 멀어지는 걸 목표로 걸었던 셈이다. 그런데 일단 그랬다는 생각이 들자 그 집과 거기 사는 노인이 나를 붙들고 놓아주지 않았다.

얼마를 가니 허름한 공장 건물들 너머에 강이 보이고 거기로 흘러드는 널따란 개천이 앞을 가로막았다. 악취가 코를 찔렀다. 나는 쓰레기가 널려 있는 둑을 따라 걷다가 물가로 내려갔다. 그 집과 노인은 계속 따라왔다. 나는 거품이 둥둥 떠 있는 검붉은 물을 거슬러 올라갔다. 위로 갈수록 물은 더 더러웠고 악취도 심했다.

구부러지는 곳에서 갑자기 개천이 네모진 굴속으로 들어갔다. 그것은 커다란 하수구였다. 나는 더 앞으로 갈 수 없어서 우두커니 서 있었다. 컴컴한 굴속에서 물 흐르는 소리가 울려나왔다. 거기에는 노인의 목소리도 섞여 있었다—몽땅 사기꾼들이야. 하도 거짓말을 하다 보니 인제는 진짜 자기가 누군지도 모르게 된 허깨비들이라구. 말이야 번드르르하지. 하지만 속셈은 딴 데 있다구. 쿨룩쿨룩. 너희들, 너희들은 아직 모른다. 행세깨나 한다는 녀석들의 똥구멍이 얼마나 구린지 모를 거야. 허나 나처럼 오래 살다보면, 알기 싫어도 알게 돼. 그러니까 알려고 애쓰지 말고, 더군다나 닮으려고는 아예 하지 마라. 아니, 너희들이 그러려고 한다는 게 아니라, 녀석들한테 속거나 겁을 먹다 보면 저도 모르는 사이에 닮아버리기 땜에 하는 소리다. 심약한 자들은 항용 녀석들이 가진 무기 앞에서 벌벌 떨다가는 갑자기 미친 듯이 자기도 그걸 가지려고 들거든. 나도 다 겪어봐서 하는 소리다. 쿨룩쿨룩. 세상에는 말이야, 어떤 자들이 제일 많은지 아느냐? 바로 그 사기꾼 녀석들의 무기를, 그게 흉기인 줄도 모르고 제 것인 양 휘두르는 멍텅구리들이지. 그게 바로 닮는 건데, 한 번 닮아버리면 좀처럼 벗어나기 힘들어. 너희들도 그러기 쉬우니까 조심해라. 뭐라더라, 그래, 그게 몽유병 같은 거니까 정신 똑바로 차리고, 아닌 건 아니라고 해야 허수아비를 면한다 이 말이야……

　그 커다란 하수구 속으로 빨려들 것만 같아 다리에 힘을 주면서, 나는 그곳을 떠났다. 그리고 땀을 뻘뻘 흘리며 집으로 돌아왔다. 방

문을 열고 바닥에 쓰러졌을 때, 요란하게 무엇이 깨지는 소리와 함께 그 노인의 목소리가 다시 들렸다. 이거나 받아라, 이 새대가리들아! 여기가 어딘데 너희들 마음대로 들어와 애들을 못살게 구는 거야? 경찰이라구? 내가 모를 줄 알구 그러냐? 내가 너희들 한두 번 봤어? 애꿎은 애들 죄인 취급하지 말고 어서 냉큼 꺼져버려!

'10월 17일..

내가 죄인이 된 것은, 교무실을 나와 교문으로 향하던 길, 거기서였다. 무기정학을 알리는 학생주임 선생님의 말을 들은 건 나 혼자가 아니었다. 하지만 다른 애들이 팔을 늘어뜨린 채 책가방을 챙기러 교실로 갈 때 나만은 그냥 밖으로 나왔다. 그리고 교문이 바라보이는 하아얀 시멘트길, 수업 중이라 텅 빈 그 길에서 나는 죄인이 되었다.

물론 그 당시에 나는 무슨 졸가리진 생각 같은 건 할 수 없었다. 무어랄까, 실이 툭 끊어진 연, 혹은 길바닥에 구르는 휴지 조각이나 철사 도막이 돼버린 느낌, 감당키 어려운 허전함, 어쩌면 그냥 그 자리에서 증발해버릴 듯한 무력감 따위들이 나를 가득 채우고 있었다. 그리고 잠시 후 교문 가까이에 이르렀을 때 그 모두는 갑자기 격렬한 미움이 되고 수치심이 되고 눈물이 되었다. 그것은 태어나서 한 번도 경험한 적이 없는, 아니 전혀 상상도 못해본 그런 상태였다.

나는 『죄와 벌』을 읽었지만, 그 소설의 주인공이 죄를 느꼈을 적의 심정과 그때의 내 심정이 비슷한지 어떤지 잘 가늠하지 못하겠다. 하지만 학생주임 선생님은 말했다. 너희는 '잘못'을 저질렀으니까 마땅히 '벌'을 받아야 한다고. 벌은 죄의 대가이다. 그러니까 잘못은 곧 죄이다. 나는 죄 때문에 그런 것이다. 죄 때문에 수업이 끝나지도 않았는데 교실을 나서야 했고, 그 텅 빈 길에서 실신하여 주저앉아버릴 뻔한 것이다. 누른빛을 띠어가는 나무들이나 화단 가득 숨 막히게 붉은 꽃들이 아니라, 그때 그곳에서 바로 나 하나만이 죄 때문에.

학생주임 선생님은 계속 말했다. 지금 곧 돌아가 집에서 공부하며 반성해라. 지도실에 나와 있게 할 수도 있지만 이번 경우는 다르다. 일기장용 공책을 한 권씩 마련해서 오늘부터 거기에 일기를 쓰듯 반성문을 써라. 명심해라. 하루에 공책 한 쪽 이상을 반드시 반성하는 내용으로 채워야 한다.

그때 광식이가 말했다. 오해는 다 풀렸습니다. 우리는 잘못한 게 없습니다.

그토록 꾸지람을 듣고서도 그런 말을 하고 있니? 학생의 본분에 어긋나는 짓을 해서 불필요한 소란을 일으킨 잘못이 있다고 결정이 났다. 내가 금세 반성을 하라고 했는데, 첫마디가 겨우 그거냐? 도대체 반성이 뭔지도 모르고 있어. 너희들은 이참에 반성하는 법부터 배워야겠다!

나는 그날 그 교정길에서부터 죄인이 되었다. 그 이전의 내가 무엇이었는지는 모르겠지만, 적어도 죄인이 아니었던 것만은 분명하다. 하지만 죄는 예전부터, 어쩌면 내가 태어나기 훨씬 전부터 있었고, 그 대가를 치르는 법과 용서받는 법까지도 이미 마련되어 있었다. 나는, 아니 우리들은 미처 그걸 알지 못했었다. 어느 시간에, 우리들이 그 집으로 발을 옮기던 어름의 어느 순간인가에, 그 죄와 법은 철컥, 차꼬처럼 우리의 발목에 채워졌다.

　우리한테 잘못이 없다는 항의에 대해 학생주임 선생님(어쩌면 그분이 이 반성문을 읽으실지도 모르겠다)께서는 이렇게 대답한 셈이다. 항의를 하는 행동 자체가 반성할 줄 모른다는 증거다. 그 항의 행동까지가 반성의 대상에 포함된다…… 그러면, 그분이 바라는 반성이란 입을 꽉 봉하고 오로지 뉘우치기만 하는 것이다. 여러 선생님께, 그분들 모두가 참석한 회의의 결정에, 그 결정을 떠받치는 학칙 몇 조에, 경찰서에서 온 공문에, 학생의 도리와 분수라는 것에, 집회 신고 규정에…… 오직 따르고 복종하기만 하면 되는 것이다. 그렇다면 죄는, 그것들에 따르지 않을 때 짓는 것이다. 그런 게 죄라고? 이렇게 나를 옥죄고 있는 죄가 바로 불복종의 결과란 말인가? 이상한 일이다. 나는 그저 누나한테 도서관 간다고 거짓말하면서 축제를 준비했을 뿐인데…… 도대체 무엇이 죄될 일이고 그 경계선은 어디며, 누가 그것을 결정했나? 그건 반성 안 하나? 내 발목에 죄의 차꼬를 채우는 행동 자체는, 누가 언제 반성하지? 그건 반성의 대상이 아니고, 그저 당할 수밖에 없는 태풍이나 지진 같은 건가? 무슨 죄이든 찾아낸 다음, 그저 잘못했으니 노여움 푸십시오 하고 가라앉기를 빌 수밖에 없는 태풍이나 지진 같은 것인가?

내가 해야 한다는 반성이 단지 복종일 뿐이라면, 그것처럼 쉬운 게 없다. 아니 그것처럼 어려운 게 없다. 날마다 같은 말을 공책 한 바닥씩 되풀이해야 하니까.

'10월 18일.

……등교 여부를 결정함에 있어 중요한 참고 자료가 될 것임을 양지하시고 반성문 작성에 협조하시어, 유감스럽게도 또다시 일벌 백계—罰百戒 차원의 처벌 대상이 되지 않도록……

양지하시고, 협조하시어, 되지 않도록.

반성문 법法. 생활기록부 또는 생활감시부. 너는 이렇게, 아니 너도 이렇게 살아라 법法.

당신, 나를 째려보는 당신.

'10월 22일.

나는 반성한다. 사라져버렸던 성규가 며칠 전에 나타났다. 광식이와 준태를 불러내어 함께 몰려다녔다. 그동안 성규가 지낸 곳은 어느 변두리 술집의 주방에 딸린 작은 방이었다. 거기서 일하며 지냈다고 했다. 걔가 술을 내놓아서 같이 마시며 그야말로 놀자판을 벌였다. 나도 제법 취했는데, 기분은 그리 좋지 않았다(우리가 축제를 하면서 술을 마시고 담배를 피우려 했다는 얘기는 전혀 사실 무근이다. 우리는 그 집에서 그러지도 않았고 그러려고 하지도 않았었다).

나는 또 반성한다. 어제 그 집에 갔었다. 어느새 누렇게 변해가는 풀 위로 낙엽이 소리없이 지고 있었다. 잎이 떨어져 늙은 가지가 드러난 고목들이 을씨년스러웠다. 대낮이라 그런지, 그 집은 너무 낡고 구저분해 보였다. 우리가 창에 쳐놓았던 천의 무늬가 참혹하도록 얼룩덜룩했다. 노인은 만나지 못했다. 기거하던 이층 구석방에 가보니 냄비 속의 먹다 남은 밥에 곰팡이가 피어 있었다. 거기에 가지 말았어야 한다. 가지 말라고 한 걸 어겨서가 아니라, 가지 않았으면 남아 있을 그 무언가를 갔기 때문에 잃어버린 성싶기 때문이다.

광식이에 관해서는 별로 반성할 게 없다. 걔 어머니의 부탁도 있고 해서, 나는 달래기도 하고 설득도 해보았다. 하지만 광식이는 형제들뿐 아니라 부모님까지도 남처럼 생각하고 있었다. 가족이 다 있어 좋겠다는 내 말에, 걔는 오히려 자유로운 내가 부럽다고 했다. 더 이상 당하지 않으려면 아예 학교를 그만두는 게 좋다는 성규의 말에 맞장구를 치길래 그건 자살 같은 거라고 했더니, 정학을 당하더니 아주 겁보가 돼버렸다고 비웃기까지 했다. 나는 어쩔 수 없었다(고자질하는 것 같아 꺼림칙하지만, 오히려 걔한테 도움이 될지도 모르므로 적어둔다).

오늘 어떤 선생님(성함은 밝히지 않는다)께서 찾아오셨다. 그분
은 우리 민요가 실린 테이프를 선물로 주시면서 안색이 좋지 않은
데 이런 기회에 음악회랑 전람회나 실컷 다니지 무얼 하고 지냈느
냐며 너털웃음을 웃으셨다. 나도 따라서 웃지 않을 수 없었다. 말씀
중에 우연히 알게 됐는데, 우리의 처벌은 교무회의에서 결정된 게
아니었다. 왜냐 선생님께서 노동조합 때문에 쫓겨난 사건 이후로
교무회의는 한 차례도 열리지 않았다.

'10월 24일..

결과도 중요하지만, 동기나 과정도 중요하다.
모든 잘못이 다 죄는 아니다.
우리는 허가받아야 할 일을 한 적이 없다.
세상에는 설명할 수 있는 일보다 설명할 수 없는 일이 더 많을지
도 모른다.

이 글이 반성문인지 아닌지를 결정하는 건 내가 아니고 당신이다.
당신이 누군지도 모르고, 이 글을 읽어 '당신'이 될 사람이 정말 있
기는 있을지조차 알 수 없지만, 나는 당신에게 말한다. 이제 더 이

상 쓰지 않겠다. 다른 애들은 쓰지 않고 있다는 걸 알아서가 아니라, 쓰고 있는 한 당신한테서 벗어날 수 없기 때문이다. 하지만 어느 날 당신이 요구한다면, 나는 제출할 것이다. 지금까지 쓴 이것을.

모두 아름다운 아이들

'11월 26일..

  뒷산 비둘기들이 온 동네를 휩쓸고 다닌다. 겨울이 되어 먹이가 부족한지, 이 평화의 새들은 아무 데나 달겨들어 건드리고, 먹어치우고, 오물을 남긴다. 산비탈을 깎고 지은 우리 연립주택은 유독 심해서, 빨래 위에 걸터앉기는 예사고 부엌까지 마구 날아든다. 진열장에 먼지 한 점 그냥 두지 않는 선물가게 주인답게, 누나는 비둘기라면 이제 아주 이를 간다.

  내 방 창가와 그 밖의 손바닥만 한 뒷베란다에도 언제나 비둘기 똥이 있다. 덧창을 해 달지 않은 탓이다. 아까 보니까, 오늘은 베란다 바닥에까지 내려앉아 아예 단체로 쉬다가 간 것 같다. 그 냄새가 좋지는 않지만 그렇다고 뭐 특별히 싫지도 않다. 누나는 구두쇠라서 덧창 해 달 생각은 않고 근처에 얼씬도 하지 않는다.

어제 뒷산에 갔다가 알았다. 집들이 산을 빙 둘러 파먹어서 숲은 얼마 남지 않았는데 비둘기 숫자는 엄청나게 많았다. 게다가 그 숲마저도 체육공원이네 약수터네 해서 송충이가 파먹은 것처럼 구멍이 뚫려 있었다. 정말 사람 때문에 비둘기들도 먹고살기가 힘들겠구나 싶었다. 일시에 총이든지 약을 가지고 비둘기 사냥을 벌이자는 얘기가 동네에 돌고 있는 모양인데, 참으로 잔인하고 어처구니없는 짓이다.

• 11월 27일 ••

아무래도 윤수가 좀 이상하다. 국어 선생님이 학교에서 쫓겨나실 적에 반대 시위를 주동했다고 처벌받은 뒤부터 약간 그렇기는 했지만, 요즘 들어 부쩍 더 말수가 적어지고 혼자만 있으려고 한다. 윤수가 시위를 주동했다는 말이 나왔을 때 윤수를 아는 애들은 모두 피식 웃었었는데, 그건 무엇보다도 윤수가 무얼 주동하고 어쩌고 할 애가 아니었기 때문이다. 하지만 선생님이나 아이들 중에는 시위가 있었으면 반드시 주동자가 있어야 한다고 생각하는 사람이 더 많은 것 같았고, 그러다 보니 맨 처음 운동장에 나가 항의를 표시했던 윤수가 찍혔던 것이다. 그런데 요즘의 윤수야말로 정말 '주동자' 비슷하지도 않다. 하루 종일 그림자처럼 앉아만 있거나, 나까지도 포함해서, 사람을 보아도 본 척을 안 하니까.

아니 그게 아니고, 무슨 일을 낼 사람은 곧 일 저지를 때가 되면 윤수 같아지는지도 모른다. 어제는 선생님의 허락도 안 받고 저녁 자율학습 시간에 소리 없이 사라져버렸다. 그리고 오늘은 아침 자율학습을 빼먹고 조회 시간에야 나타났는데, 선생님의 꾸중을 듣고도 별로 송구스러운 기색이 없었다. 처벌받은 뒤로 담임선생님은 아예 내놓은 자식 취급을 하니까 그럭저럭 넘어갔지만, 아무래도 낌새가 심상치 않다. 어떻게 돼버리거나 무슨 일을 낼 듯하고, 일단 벌어지고 나면, 그것도 저번처럼 윤수한테 매우 불행한 일일 게 뻔하다.

내가 너무 과민한 걸까? 기말고사 날짜가 오늘 발표돼서 그런지는 몰라도, 다른 아이들은 윤수한테 별로 신경을 쓰지 않는다. 하긴 전부터 윤수를 좀 이상한 애라고 여기는, 그야말로 이상한 애들이 있었다. 걔들은 윤수를, 그리고 나를 이상하게 여겼을지 모르지만. 그런데 이제는 나까지 윤수를 좀 이상스럽게 보게 되었으니…… 좌우간 내가 정말 과민한 탓이기만 바랄 뿐이다.

•11월 28일••

시험 준비는 안 하고 자꾸 소설만 읽게 된다. 카프카의 「변신」을 단숨에 읽었다.

끔찍한 소설이다. 어느 날 아침 깨어보니 사람이 징그러운 해충으로 변해 있더라는 이야기이다. 하지만 더 끔찍한 것은, 해충으로 변한 주인공이 죽자 그가 온갖 고생을 하며 외판사원으로 일한 덕에 먹고살았던 식구들이, 후련한 기분으로 산책 나가는 마지막 장면이다. 그에 비하면 사람이 해충으로 변한 것쯤은 약과다. 해충보다 더 끔찍한 게 사람이다. 주인공이 해충으로 변한 건, 사람답지 못하게 되었다는 얘기다. 그가 죽어서 후련해진 사람들이 해충보다 더 끔찍하다면, 그래도 그는 좀 사람 같은 해충이었던 셈이다. 사람 같은 해충?

나도 어느 날 그 주인공처럼 되지 않을까? 월말고사, 중간고사, 기말고사, 모의고사, 평가고사……에 매달려 살다가, 결국 대학입시에 실패하게 되면, 나는 무슨 소용이 있는 존재인가? 시험공부를 피해 소설만 읽어대는 걸 보면, 벌써 반쯤은 해충이나 무슨 벌레가 돼버렸을 거다. 나는 그렇다 치고, 그러면 하루 종일 공책에 그림만 그리고 있는 윤수는 해충이 다 되어버린 셈인가? 뭔가 석연치 않다. 앞뒤가 맞지 않는다. 국어 선생님이 학교에서 쫓겨나시는 게 부당하다고 생각은 하면서도 다들 멍청히 있을 때, 윤수는 맨 먼저 제 의사를 당당히 표현했던 애가 아닌가. 나는 몰라도 윤수는 해충이 아니다. 그러면, 시험공부 열심히 하는 애들이 해충인가?

2학기 들어 미술 시간은 없어졌다. 음악, 체육 시간과 함께. 그러니 미술 시험도 없다. 윤수나 나나 시험하고 상관없는 짓만 골라서 한다.

비둘기들이 이제 밤에도 온다. 식빵을 조금 주었더니 순식간에 먹어치웠다. 먹는 동안에 숫자가 갑자기 불어났다. 아마 옥상에 있던 놈들이 눈치를 채고 내려온 것 같다. 뒷베란다에 아예 비둘기 집을 만들어줄까? 누나가 알면 기절할 일이고, 그 또한 시험하고는 상관없는 짓이다.

'11월 29일..

윤수는 오전 내내 책상 위에 국어책을 꺼내놓고 뒤적거리다 말다 하였다. 아이들은 기말고사 준비에 얼이 빠져서 관심도 없었다. 선생님들조차 윤수가 그러는 걸 뻔히 보고도 그냥 놔두었다.

나는 불길한 예감을 떨칠 수 없었다. 한 번 그런 예감이 들자 점점 더 불안해져서, 내가 나서지 않으면 정말 큰일 나겠다 싶은 생각뿐이었다. 기말고사는 하루하루 닥쳐오는데 윤수 때문에 도무지 정신 집중이 안 되는 것도 문제는 문제였다.

결국 점심시간에 윤수를 체육관 옆의 양지바른 곳으로 데리고 갔다. 내가 팔을 잡아끄니 잠자코 따라왔다. 그런데 막상 말을 하려고 하니 무어라고 해야 될지 알 수 없었다. 공연히 섣부르게 입을 뗐다가 되레 윤수의 상태를 악화시킬지도 몰랐다. 나는 한참 우물거리다가 불쑥 내 얘기를 주섬주섬 늘어놓았다.

내 얘기는 그랬다. 대입고사 직전에 열리는 '기원祈願의 밤' 행사에서 후배 대표가 선배들이 시험 잘 보라고 기원하는 글을 읽게 되어 있는데, 그 글을 내가 지어주었으면 좋겠다고, 아까 교무주임 선생님이 그러셨다. 나는 뭐, 공부도 잘 못하고 학생회 임원도 아니니까 그런 일은 학생회장이 하는 게 맞을 것 같다고 했더니, 읽기는 학생회장이 읽을 거고 너는 글만 써주면 된다고 그러시길래 거절해 버렸다. 도대체가 미리 각본 짜놓고 하는 연구 수업처럼, 선배한테 후배가 할 '기원'의 말을 누가 대신 지어준다는 게 우습고, 그런 일만 생기면 노상 나를 불러대는 처사도 마땅치 않았기 때문이다. 교무주임 선생님은 문예반장도 학교 임원이라면 임원인데 제가 임원인지 아닌지도 모르고 있었느냐, 임원이 학교 행사에 그렇게 비협조적이면 어떻게 하느냐, 너는 그럼 선배들이 시험 잘 치러서 좋은 대학 들어가기를 바라지 않느냐고 하셨다. 특별 활동이라는 게 말 그대로 '특별' 활동이라 학년 초에 한 번 모이고는 그만두는 터에 반장이니 임원이니 따지는 것도 좀 그렇고, 마지막 얘기는 참 애꿎은 말씀 같아서, 저는 그런 뜻으로 말씀드린 게 아닌데, 아니, 그렇게 그 행사가 중요하면 선생님 가운데 누가 훌륭한 글을 지으셔서 읽게 하면 더 낫지 않겠습니까, 하는 소리가 목구멍까지 나온 걸 간신히 참았다.

윤수는 내 얘기에 아무 반응도 보이지 않았다. 무슨 공장처럼 생긴 체육관 벽을 가득 채우고 있는 담쟁이덩굴, 이제는 누우런 이파리만 몇 개 달린 그 덩굴들을 물끄러미 바라볼 뿐, 내가 투덜거리는 소리는 듣고 있지도 않는 듯했다. 전보다 볼이 홀쭉해진 윤수의 옆 얼굴을 훔쳐보면서, 나는 어떻게든 개의 입을 열려고 애썼다. 해마 다 여는 거니까, 너도 기원의 밤 행사를 알고 있지? 3학년은 물론 모두 참석하고 3학년 학부형들까지 온다는데, 우리 2학년은 참석하 지 않겠지? 너도, 기원의 밤에 대해 들어본 적은 있지?

그래도 윤수는 묵묵부답이었다. 더듬는 증세가 심해지면 점점 말 을 못하게 되는 건 아닌가 하는 생각이 들어 겁이 나면서도 윤수처 럼 그저 담쟁이덩굴만 쳐다볼 수밖에 없었다. 추녀 위로 기어오르 다 채 미치지 못하고 곤두박질쳐서, 허공에서 힘겹게 흔들리는 덩 굴들이 답답해 보였다. 예비종이 울렸다. 점심시간이 5분밖에 남지 않았다. 그때 윤수가 말했다.

"무, 무, 무얼, 기, 기원한다는 거지?"

나는 반가워서 얼른 대답했다. "시험 점수 잘 받고, 지원한 대학 에 다 잘 붙으라고 기원하는 거지 뭐."

"너도, 너도 기, 기원하니?"

"글쎄. 그래야겠지. 모두 죽기 살기로 했으니까, 소원 대로 되라 고 비는 거야 다 같은 마음 아니겠냐?"

"가, 같은 마음이라구? 그걸 네, 네가 어떻게 알아?"

윤수가 나를 똑바로 쳐다보았다. 나는 움찔했다. 윤수의 눈빛이 좀 이상했기 때문이다. 푸른빛이 도는 것도 같고 이글이글 타는 것 같기도 했다. 막다른 골짜기에 몰린 짐승의 눈빛이 그럴까? 어쨌든 예전의 눈빛은 아니었다. 윤수는 또 말했다(지금 생각해보니, 놀랍게도 그때만은 더듬지 않았다).

"누가 누구의 마음을 알 수 있지?"

나는 대답하지 못했다. 무어랄까, 너무 갑작스럽고 얼른 답하기 어려운 질문이었다. 게다가 윤수가 좀 야속하기도 했다. 하지만 무슨 말이든 계속해야 된다는 생각을 버릴 수 없었다.

"글쎄. 짐작이라는 것도 있잖아? 아주 똑같지는 않겠지만 말야."

윤수가 쓸쓸레한 웃음을 입가에 떠올리며 고개를 숙인 채 신발 끝으로 땅바닥을 후볐다. 그 모습이, 암만 그래봐야 너는 도저히 내 맘을 알 수 없을 거라고 잘라 말하는 것처럼 보였다.

점심시간 마침종이 울렸다. 그냥 그대로 끝나서는 안 될 성싶어, 나는 교실로 오는 도중에 한마디 더했다.

"어쨌든, 세상에는 너 혼자만 사는 게 아냐. 혼자서만 살 수도 없구."

윤수는 대꾸가 없었다. 나는 왠지 윤수의 얼굴을 쳐다볼 수 없었다. 내 말이 내가 생각해도 도무지 공허해서 참담한 느낌이 들었기 때문이었던 것 같다. 아니, 좌우간 나는 저를 위해 애를 쓰느라고 쓰는데 제가 나를 비웃는 표정이라도 짓는다면, 정말 이상한 놈처럼 보일까 봐 두려웠는지도 모르겠다.

누가 누구의 마음을 알 수 있지? ……그 말이 귓가에서 사라지지 않는다. 참으로 막막한 물음이다. 해서는 안 될 위험한 질문, 적어도 지금의 윤수가 매달려서는 안 될 물음이라는 생각도 든다. 어쩌자고 그런 엉뚱한 소리, 비관적인 소리를 해대는 걸까. 머지않아 생각만 해도 끔찍한 고 3이 되는 까닭에 그러는지도 모른다.

잠이 안 온다. 비둘기 몇 마리가 베란다 바닥에서 기척을 낸다. 아주 자고 갈 모양이다. 기말고사 준비라도 할까? 조금이라도 해보자. 또 점수가 나쁘면, 나부터가 나를 형편없는 놈으로 여기게 될 테니까. 누가 누구의 마음을 알 수 있는지 없는지가 시험 범위 속에 들어 있었으면 좋겠다. 이런 때 참고할 참고서가 있었으면. 이런 문제 풀이를 연습시켜주는 문제집은 없나?

·11월 30일··

오늘 생물 시간에 선생님이 '적자생존'에 대해 설명하면서 깨알 같은 글씨로 칠판을 한참 메워나가고 있을 때였다. 워낙 공책 검사를 철저히 하는 터라 설명도 듣는 둥 마는 둥 옮겨 적고 있는데, 윤수의 목소리가 났다. 나는 정신이 번쩍 들었다. 윤수가 심하게 더듬거리는 말로 무어라 질문을 하고 있었다. 선생님도 잘 알아듣지 못했는지 얼굴을 찌푸리며 되물으셨다.

"적자생존이 무슨 뜻인지 모르겠다구? 질문을 하려면, 사내답게 똑바로 해."

교실이 물을 끼얹은 듯 조용해졌다. 윤수가 질문이라곤 해본 적이 없어서, 나부터도 윤수가 질문 같은 걸 하리라고는 생각지 않았던 탓이다. 게다가 윤수의 질문은 까다롭기로 소문난 생물 선생님의 수업을 느닷없이 중간에서 끊어버린 셈이었다. 윤수의 두 손이 쉴 새 없이 교복 앞자락을 만지작거리고 있었다.

"화, 환경에 맞지 아, 않는 건 모두 죽어, 죽어야 합니까?"

"죽는다기보다 도태되는 거지. 환경에 맞는 종種만 살아남고 나머지는 모두 도태되게 마련이라 그 말이다. 지구에 존재하는 모든 생물은 환경에 잘 맞았거나 맞게 변했기 때문에 살아남은 것들이지. 됐어?"

"벼, 변하면…… 어떠, 어떻게 변합니까?"

선생님은 또 얼굴을 찌푸렸다. 윤수의 입에서 무슨 엉뚱한 소리라도 나오면 어쩌나 싶어 조마조마하기 짝이 없었다.

"아까 설명을 다 했잖아. 자 자, 그럼 이번에는 숲을 예로 들어보자구. 참나무나 소나무 같은 것하고는 달리, 음지에서만 사는 식물이 있지? 위로 자라지 못해 햇빛을 받을 수 없으니까 음지에 맞게 변화되고, 그렇게 적응한 놈만 살아남은 거야. 자연의 조화지."

"음지, 음지에 사는 게 져, 졌는데, 그게 어째 자연의 조, 조화입니까?"

"지다니? 이런 참, 지고 이기고가 아니야, 좋고 나쁜 것도 아니고! 생물의 법칙이 그렇다는 거지. 적자생존, 자연선택설, 그것만 기억하면 돼. 돌연변이도 설명할 참이니까, 이젠 자리에 앉아."

그러나 윤수는 앉지 않았다. 계속 교복 앞자락을 만지작거리며 더듬대다가 가까스로 말을 만들어냈다.

"그, 그럼, 사람, 사람은 평등한데, 환경에 따, 따라…… 그게 저, 적자생존인지, 조, 조화인지……"

"왜 쓸데없이 복잡하게 생각을 하고 그래? 진도 방해 그만하고, 그냥 외워!"

윤수가 비로소 자리에 앉았다. 나는 소리 죽여 한숨을 토했다.

어떻든 윤수가 그런 식으로라도 무슨 일에 관심을 갖고 행동을 한 게 다행스럽다. 하지만 여전히 좀 이상하기는 마찬가지다. 안 하던 질문을 한 것도 한 거지만, 그 내용도 그렇다. 어째서 자연의 조화를 이기고 지는 살벌한 문제로 이해했을까? 자연의 조화와 적자생존—필기는 열심히 했어도, 실은 나도 그게 같은 말인지 다른 말인지 잘 모르겠다. '자연의 조화'가 더 좋은 말 같기는 한데…… 우리 동네 사람들이 비둘기 때문에, 아니 비둘기들이 사람 때문에 시달리다가 살 놈은 살고 죽을 놈은 죽는 게 적자생존이라면…… 어쨌든 과학 점수 엉망인 윤수가 왜 갑자기 오늘따라 열성이었는지 모르겠다.

그저 모르겠는 거 투성이다. 그러니 이것저것 잔걱정에 노상 속을 끓이며 살 수밖에. 똘똘하든지 애초부터 아무 생각도 말든지 해야 되는데, 그러질 못하니 그 또한 두통거리다.

·12월 1일··

경규가 우리 교실로 나를 찾아왔다. 걔를 보자마자 교무주임 선생님께 무슨 말을 들었구나, 좌우간 네가 자기 글처럼 읽을 가짜 글 따위는 쓰지 않겠다고 작정했다. 그런데 경규는 다른 소리를 했다. 회장이 할 말은 회장 자기가 알아서 할 테니까, 그 대신 나는 시를 써다가 읽어주었으면 좋겠다는 것이었다.

"시를 읽어? 문학의 밤이 아니라 기원의 밤인데?"

"그러니까 시가 어울리지. 간절하게 비는 시간 아니냐. 좌우간 이건 내 아이디어인데, 올해는 좀 색다르게 해보자 이거야. 5반의 임춘미 알지? 걔는 노래를 불러주기로 했어. 교무주임 선생님께서도 다 허락하셨다구."

"교무주임 선생님이? 그래도 나보다 잘 쓰는 애들이 많을 텐데……"

성적도 좋지 않은 내가, 게다가 무슨 이유였든 처벌까지 받았던 내가 선배들 앞에 나서서 뭘 기원하고 어쩌고 할 주제가 되겠느냐는 말은 차마 나오지 않았다.

"야야, 빼지 좀 마라. 너는 그 유별난 척하는 게 탈이야. 그리고, 너더러 누가 걸작을 쓰라고 그러냐? 기원의 말을 시적으로 쓰라 그 말이야. 너도 어차피 내년 이맘때면 똑같은 처지가 될 텐데, 선배들이 다 잘됐으면 하는 마음은 있을 거 아냐."

124

경규는 나를 후려치기라도 할 듯이 그 굵다란 팔을 괜스레 휘둘러대며 말했다. 내가 무얼 '빼고' 무슨 '척'을 했는지 모르겠지만, 그보다도 시를 낭독하라는 데 슬며시 마음이 끌렸다. 시야 잘 짓든 못 짓든간에, 잠시 동안이라도 내 말에 귀를 기울여준다면 나는 그들에게 무언가를 줄 수 있을 거다, 그것만은 자신이 있다, 하는 생각이 들었다. 노래대회에 나가기만 하면 상을 탄다는 임춘미하고 같이 참여한다니, 그것도 괜찮은 일이었다. 나는 좀 들떠서 그럼 준비를 해보겠다고 했다.

그런데 얼마 후에 윤수 쪽을 무심코 보았을 때, 윤수가 두터운 지우개를 칼로 깎아서 사람의 흉상을 만들고 있음을 알았을 때, 나는 문득 그 말이 떠올랐다. 누가 누구의 마음을 알 수 있지? 그리고 그 말은 이내 이렇게 바뀌었다. 네가 선배들한테 과연 무엇을 줄 수 있다는 거지? 무슨 할말이 있다는 거지?

종일토록 내 속에서 무언가가 싸웠다. 결론은 없다. 얻은 것이라고는, 적어도 기원의 밤 행사는 꽤 뜻있는 행사임에 틀림없다는 것, 그리고 그걸 누가 하든 대학 입시를 앞두고 기진맥진한 채 불안에 떠는 선배들을 위해 시를 지어다 읽는 일은, 좋으면 좋았지 결코 나쁜 일은 아니라는 것이었다.

내가 본 것만 해도 윤수는 오늘 흉상을 네 개나 깎았다. 언젠가 미술 선생님한테 조각에 소질이 있다는 칭찬을 듣기도 했으니까 다른 애들 지우개까지 자꾸만 깎아대는 게 특별히 이상스럽달 수는 없는지 모른다. 하지만 사흘이나 계속되는 기말고사가 닥쳐오고 있고, 느닷없이 그전에 모의고사까지 한 차례 더 치른다고 하는 판이다. 게다가 그 칼, 끝이 뾰족한 그 기다란 칼이 자꾸 염려스러웠다. 그리고 저희는 할 것 다 하면서 엉뚱한 짓이나 하고 있는 윤수한테는 저도 깎아달라고 자꾸 자기 지우개를 갖다 주는 녀석들도 못마땅했다.

내가 손을 내미니까 윤수는 아무 말 없이 흉상 하나를 주었다. 윤수처럼 눈자위가 푹 파인 푸르스름한 얼굴이 지금 책상 귀퉁이에서 나를 보고 있다. 내가 저 흉상을 받아 쥐면서 하고 싶었던 말을, 그때 내가 품었던 마음을 윤수는 알고 있을까? 도대체 윤수는 내가 제 생각을 하는 반만큼이라도 나를 생각해주는 걸까?

기말고사 전에 또 모의고사. 그래서 기말고사가 기원의 밤 뒤로 밀렸다. 도대체가 시험의 연속이다. 시험공부를 일기 쓰듯이 꼬박꼬박 한다면 그래도 등수가 좀 올라갈 텐데. 일기 잘 쓴다고 합격시켜주는 대학은 없는데도 날마다 쓰지 않으면 왠지 허전하고 불안하니, 이것도 참 괴상스런 병이다.

·12월 2일··

부잣집 도련님은 오늘 어디서 무엇을 했을까?

일요일인데 누워만 있는다고 누나가 성화를 대는 바람에 뒷베란다의 비둘기 똥을 치우다가 문득 윤수가 만나고 싶어졌다. 모의고사야 어찌 되든, 왠지 꼭 윤수를 만나야 할 것 같았다.

근처 골목까지는 가본 적이 있어서 별로 어렵지 않게 집을 찾았다. 복덕방 노인이 가리켜준 집은 내가 보기에 무척 으리으리했다. 어쩐지 윤수하고는 전혀 어울리는 성싶지 않았다. 나는 한참 망설이다가 초인종을 눌렀다. 가정부인 듯한 여자가 나와서, 윤수는 오전에 어머니한테 꾸중을 듣고 나가서는 아직 안 들어왔다고 했다. 내가 돌아서려니까 그 여자는, 윤수 어머니라도 만나고 싶으면 저 앞 네거리의 올림픽 레스토랑에 가보라고 덧붙였다.

차가운 바람이 몰아치는 골목을 돌아나올 때, 괜히 왔다는 느낌이 들었다. 윤수가 아니라 내가 이상한 놈이 아닌가 싶기도 했다. 하지만 올림픽 레스토랑이라는 간판이 보이는 곳에서 어떻게 할까 망설이며 따져보니, 윤수네가 부자라는 사실 때문에 개에 대한 생각이 바뀌는 것도 우스운 짓이었다. 윤수 어머니를 만나, 무슨 말씀이라도 드리는 게 좋을 듯하였다.

윤수 어머니는 거기 계셨다. 높은 음성으로 누구를 꾸짖고 있던 호리호리한 부인네가 내 쪽으로 다가왔다. 침침한 조명등 불빛에 안경알이 희미하게 반뜩였다. 윤수처럼 얼굴이 좁고 길었다.

"선재라구? 그래, 네가 바로 선재구나. 우리 윤수, 집에 없지? 개가 약속을 어겼나 보구나. 어쨌든 잘 왔다."

그게 아니고, 그냥 왔다가 궁금해서 찾아뵈었다고 했다. 윤수 어머니는 나를 가리개가 둘러쳐진 곳으로 데리고 갔다. 넓고 근사한 식탁에 마주보고 앉았다.

벽을 가득 채운 유리창 밖에서, 갑자기 터지는 아우성처럼 눈이 내리기 시작했다. 첫눈이었다. 벌써 눈이 내리다니, 나는 괜히 가슴이 뛰었다. 하지만 윤수 어머니께서는 내 기분은 아랑곳없이, 무슨 말을 꺼낼 틈도 주지 않고 말씀하셨다.

"글쎄 그 녀석이 오늘 아침에 돈을 이십만 원이나 달라지 뭐니? 어디 쓸 거냐고 물어도 도대체 말을 안 하고 내놓기만 하라는 거야. 윤수 걔, 제 아빠 앞에서는 꼼짝을 못하면서 밤낮 나만 그렇게 들볶는다. 물론 돈이야 있지. 그렇지만 어디에 쓸 건지 말을 해야지 말을. 볼멘소리로 겨우 한다는 말이, 나도 내 마음대로 좀 살고 싶어서 그런다, 나쁜 데는 쓰지 않을 테니 좌우간 내놓기만 하라는 거야. 언제는 제 마음대로 못 살았는지 원. 나중에는 또 한다는 소리가, 엄마도 자기 맘을 모른다는 거야. 내 참, 기가 막혀서. 그만큼이나 키워놓으니까 한다는 소리라구! 하긴, 아버지가 걔를 좀 심하게 다루기는 다뤄. 자식이라곤 그거 하난데, 말도 변변히 못하고 성적도 영 엉망이니까 그럴 만도 하지. 나까지 경칠 각오하고 할 수 없이 돈을 주기는 줬는데, 그 돈으로 어딜 가서 뭘 하는지…… 뼈 빠지게 일해서 인제는 남한테 안 꿀리고 살 만하게 됐는데, 그리고 이게 모두 다 저 하나 위해서 하는 짓인데 그 모양이니, 참 속상해 죽겠다."

대충 그런 말씀을 쏟아붓듯이 하셨는데, 나도 무슨 말을 하긴 해야 되었다. 그러나 윤수가 좀 이상해졌다고 해서는 안 되겠다는 판단이 섰다. 이상하다니? 따지고 보면 이상할 게 없는지도 모르고,

또 내가 그런 말을 하면 윤수 어머니가 혹시 달리 받아들여서 일이 정말 이상하게 불어나거나 꼬일지도 몰랐다. 나는 결국 어디서나 밤낮 하는 얘기, 그놈의 시험 얘기를 하고 말았다.

"저…… 내일 모의고사를 치는데……"

"그러냐? 난 그것도 모른다. 윤수 걔가 학교 얘기라곤 당최 안 하니까. 어차피 시험 봐야 점수는 뻔한데, 그래도 결석은 하면 안 되지. 누구보다 걔 아빠가 용납 안 하셔. 행동 규칙이 엄하거든. 저번에 윤수가 처벌을 받은 뒤부터는 더 그래. 이렇게 와서 알려주니, 참 고맙기도 해라. 워낙 바쁜 데다 가게에 매인 몸이라 실천을 못했다만, 그러잖아도 나도 널 한번 만나고 싶었다. 넌 문학가가 될 거라며? 벌써 인생의 목표를 정했으니 얼마나 남보다 앞서가는 거냐? 아이구, 우리 윤수 좀 끌어줘라. 걔는 뭘 그리고 만드는 걸 좋아하는데, 어려서부터 법과대학 보낼 거라고 너무 몰아치다가 싹 그르친 것 같다. 저번처럼 남의 일에 앞장서다가 처벌이나 받는 멍텅구리가 윤수란다. 정말 부탁한다. 너는 행동거지도 음전하고 또 앞서가는 애니까 우리 윤수 좀 끌어줘."

"제가 뭘…… 저도 사실은……"

저도 사실은, 이유는 달랐지만, 처벌을 받은 적이 있습니다. 또 사실은 저도, 공부를 잘하지 못합니다.

"아냐. 넌 공부도 잘하고, 마음도 착할 거야. 너도 독서실에 나가 공부하니?"

"아뇨. 집에서, 그냥 집에서 해요."

"그러냐? 윤수는 독서실이라면 아주 질색이라 하는 소리다. 하도 공부를 못하길래 거기라도 나가면 어떨까 싶어 억지로 보냈더니, 한 번 갔다 오고는 그만이야. 뭐라더라? 거기가 정신병원 같다던 가, 군대 같다던가⋯⋯"

막무가내로 붙잡으시는 바람에 이름도 모르는 양식을 얻어먹고서야 거기서 나왔다. 먹으면서 나는, 윤수가 생물시간에 했던 질문 얘기를 했다. 제대로 옮기는지 모르겠지만, 사람은 평등한데 왜 적자생존이냐고, 아니 이기고 지는데 자연의 조화가 있을 수 있느냐고 묻는 게 좀 이상했다고, 조심스럽게 말씀드렸다. 윤수 어머니는 무슨 소리인지 전혀 알아듣지 못하고, 걔는 어려서부터 고집밖에 센 게 없고 말까지 더듬어서 그런다, 하지만 나하고 얘기할 때는 별로 안 더듬는 걸 보면 언젠가는 나아질 거다, 그러니 부탁한다, 너만 믿는다고 하셨다.

길에는 철 이른 눈이 제법 쌓여 있었다. 걸음 따라 박자를 맞추는 뽀드득 소리를 들으며, 내가 '문학가'가 될 거라고 그러지는 않았겠지, 녀석이 뭐라고 했건 내 얘기를 집에서 하기는 한 모양이구나, 윤수 어머니는 나를 어떻게 보시고 그토록 신신당부하실까⋯⋯ 그런 생각을 했다. 마냥 눈길을 걷고 싶었다. 사람의 발길이 닿지 않은 곳만 골라 디뎌 뽀드득 소리를 즐기면서 한참 나아갔다. 그런데 얼마를 걷다가 문득, 내가 줄곧 싱글싱글 웃고 있었음을 깨달았다.

나는 우뚝 서고 말았다. 갑자기 터지는 아우성처럼, 다시금 눈이

쏟아지기 시작했다. 남부러울 게 없어 보이는데 집 밖을 헤매는 윤
수도 윤수지만, 걔는 까맣게 잊은 채 어린애처럼 우쭐해 있다니, 나
도 참 나였다. 누가 누구의 마음을 알 수 있지? 누가 누구의 마음을
알아주지? 너는 내 마음을 아냐? 눈발 가득한 허공을 쳐다보는 눈
에 눈물이 고였다.

지친 나그네여,
그대의 땅이 가깝다.
고개를 들어라, 눈을 치떠라.
무더운 여름날
사막에서 그리던 샘물과,
그 긴 겨울밤
골짜기 바위틈에 잃어버린
꿀처럼 단 잠이,
저기 있다, 보이느냐
햇살 눈부신 초원
자유롭게 뛰노는
모두 아름다운 저 아이들.

나그네여,
홀로 헤매인
지친 나그네여……

•12월 3일..

모의고사를 엉망으로 치렀다. 마지막 시간에 본 수학 시험은 맥이 빠지고 짜증만 나서 아예 포기하다시피 했다.

내 예감이 맞았다. 윤수는 결석했다. 돈을 가지고 멀리 떠나버렸는지도 모른다. 원하는 대로 해서 좀 나아진다면, 모의고사야 어떻든 간에, 오히려 잘된 일일 거다.

나도 어디로 훌쩍 떠났으면 좋겠다. 소설책과 시집만 한 보따리 싸들고 가서, 세상이야 어찌 돌아가든 몇날 며칠이고 그 속에서 원 없이 헤엄쳤으면 좋겠다. 저녁때는 물결 반뜩이는 강가에 앉아 낚시질을 할 것이다. 그리고 이른 아침에는 아름드리나무 사이로 그윽한 아침노을을 보며 오솔길을 산책한다. 안개는 해가 오를수록 엷어지고, 온갖 생물이 깨어나 저를 뽐내며 기지개 켜는 때, 나는 시나브로 가볍고 투명해진다. 작은 외로움조차 금방 온몸에 퍼진다…… 그런데 나는 왜 떠나지 못할까. 어째서 지긋지긋한 시험지와 연습 문제집을 붙들고 낑낑대며 주저앉아 있을까. 나한테는 그만한 돈을 줄 사람이 없어서? 좋은 대학 나와서, 노상 하는 말마따나 '버젓이 사람 구실하는' 게 소원인 누나 때문에? 아니다. 돈하고는 상관없고, 누나 때문도 아닌 것 같다. 자형도 대학 안 나왔지만 자동차 수리를 하면서 나름대로 '사람 구실' 하고 사는 걸 날마다 눈으로 보지 않는가?

내가 떠나지 못하는 까닭은 그런 것들이 아니고, 아마도 내 속에, 내 마음속에 있을 거다…… 피아노를 칠 줄 알았으면. 그림이라도 잘 그려서 이 마음을 표현하고, 또 훨훨 날려버릴 수 있었으면.

버스 정류장에서 3학년 여학생 몇이 기원의 밤에 대해 이야기하고 있었다. 매초롬하게 생긴 사람 하나가 제안했다. 기원의 밤이 끝나면, 따로 본관 앞 은행나무 밑에 모이자. 촛불 켜놓고 우리끼리 또 기원의 밤을 열면 정말 멋질 거야. 환호성이 터지고, 눈이 매우 큰 사람은 발을 동동 구르기까지 했다. 그래 그래, 졸업 날이 가까운데, 그쯤이야 어떻겠어. 부모님들은 먼저 집에 가시라고 하고, 우리끼리 추억을 만들어보는 거야. 그런데 한켠에 시무룩이 고개만 늘이고 섰는 사람이 있었다. 제안한 사람이 물었다. 왜, 너는 싫어? 단체 행동에 또 빠지시겠다 이거야? 상대방이 멋쩍게 웃었다. 살결이 창백하리만치 희었다. 그녀가 맥 빠진 소리로 말했다. 기원하면 뭐 하니? 어차피 떨어질 건데. 그러자 다들 잠잠해졌다.

잠시 후 누군가가 버스는 왜 이렇게 늦는 거냐고 신경질을 냈다. 또 누군가는 힘없이, 고등학교가 남녀 공학이면 풍기문란하다고 우리 학교가 내년부터는 남학생만 뽑는다는 게 사실이냐, 그러면 우리한테는 여자 후배가 없어지는 셈인데 그래도 되는 거냐고 말했다. 사실일 거야. 교복도 없앴다가 다시 입히는 걸 보면, 이젠 여학생 쫓아낼 차례잖니. 풍기가 문란하다면 문란한 거구…… 남학교가 되면 여학생 화장실이 따로 필요 없을 테니, 그거 좋겠구나……

언제 우리 꼭두각시들 말 들어보고 그런 거 결정하는 거 봤니?

　그러고 보니 여학생만 다니는 학교에서는 남자용 화장실을 찾기 어렵겠구나, 그렇다면 남자 학교에서는 여자용 화장실 갈 때 좀 쭈뼛거리겠구나…… 버스 속에서 하릴없이 그런 생각을 했다. 집 앞에 이르렀을 때, 시험 날이라 그렇긴 하지만, 대낮에 집에 들어가는 것도 좀 어색하고, 눈이 내렸는데 비둘기들이 어떻게 지낼까 궁금하여 뒷산으로 발을 옮겼다.

　비둘기들은 앙상한 가지 위에 추레한 모습으로 여기저기 떼 지어 앉아 있었다. 발이 시린 듯 겅중거리며 눈 바닥을 헤집거나 눈이 먼저 녹은 돌더미 위에 잔뜩 웅크린 놈들이 더 안쓰러웠다. 요즘 부근의 집들이 거의 다 덧창을 해 달아서 더욱 갈 데가 없는 것 같았다.

　기원의 밤에 읽을 시를 완성해야겠는데, 어제 조금 써놓은 게 도무지 달착지근한 사탕발림 같기만 하다. 아무리 고치고 덧붙여봐도 마음에 들지 않는다. 도대체 무슨 말을 하려는 건지, 내가 내 속을 종잡지 못하겠다.

·12월 4일·.

윤수가 바바리코트를 입고 학교에 나타났다!

아침조회 시간이었다. 아무래도 우리 반의 기강이 해이해졌다고, 담임선생님께서 침통한 음성으로 말씀하셨다. 어제 치른 모의고사 성적 평균이 열 반 가운데 꼴찌인 것 같다, 기말고사 성적도 나쁠 경우에는 등수가 내려간 녀석은 내려간 수만큼, 점수가 떨어진 녀석은 떨어진 점수만큼 매 맞을 각오하라고 으름장을 놓는 그때에, 윤수가 문을 드르륵 열고 들어섰다. 그런데 그 윤수가, 교복 위에 회색 바바리를 입고 있었다.

아이들이 수군대기 시작했고, 담임의 얼굴이 싸늘하게 얼어붙었다. 나는 직감으로 알았다. 어머니한테 타낸 돈으로 윤수는 그 코트를 산 것이었다. 과연 코트는 새것처럼 보였다. 여학생 치마 길이가 조금만 짧아도 선도실에 몇 시간씩 무릎을 꿇리는 판에, 그걸 학교에 입고 오다니! 교복 위에는 지정된 옷만 입게 돼 있는 규칙을 모를 리 없는데, 바로 깃 밑에서부터 단추가 두 줄로 여럿 달리고, 넓적한 허리띠가 달린 그런 어른 옷을 천연스레 걸치고 나타나다니, 결국 윤수가 일을 저지르고 만 거였다.

선생님은 하던 말씀도 안 마치고 엉거주춤 서 있는 윤수에게 다가갔다.

"너, 그건 왜 입고 왔어?"

윤수가 고개를 꼬며 딴 데를 보았다.

"그런 거 입으면 안 되는 줄은 알 테고, 너, 일부러 입고 왔지? 대답해!"

고통스런 침묵이 흘렀다.

"말을 해! 또 날 잡아잡수 작전으로 눙치고 넘어가려구? 안 돼! 네가 어떤 녀석이든, 너는 우리 반 학생이야. 이번에야말로 단체 생활이 뭔지 배우게 할 테다. 그렇게 말뚝처럼 서 있지만 말고, 왜 입고 왔는지 어서 말해보라니까!"

다시 터질 듯한 침묵이 교실을 가득 채웠다. 나는 더 이상 윤수 쪽을 바라볼 수 없었다. 걔한테 달려가서, 어서 잘못했다고 말씀드려, 다시는 안 입고 오겠다고 말씀드려, 차라리 그렇게 사정하고 싶었다.

"말 못하는 게 무슨 자랑인 줄 알아? 어서 입을 열어!"

선생님이 와락 윤수의 멱살을 틀어쥐었다.

"그, 그저, 이, 입고 싶어서……"

"어쩌구 어째? 입고 싶어서 입어? 아예 터억 내놓고, 규율이고 뭐고 상관않겠다 이 말이지? 보자보자 하니까 네 녀석이, 버르장머리 없이 이젠 아주 정면으로!"

선생님이 윤수의 멱살을 잡아챘다. 와당탕 문에 부딪히며, 윤수는 고삐 잡힌 짐승처럼 비틀비틀 끌려갔다. 선생님의 목소리가 복도에 쩌렁쩌렁 울렸다. 여기가 너 놀고 싶은 대로 노는 덴 줄 알아? 어림없다. 뭘 하면 안 되는지 가르쳐주는 데야, 이놈아! 어디 이번에는 좀 단단히……

　나는 정말 울고 싶은 심정이었다. 수군대던 아이들은 선생님이 사라지자 온통 와글거렸다. 책상에 고개를 처박은 내 귓속으로 아이들의 말이 화살처럼 날아와 꽂혔다. 야아, 정말 윤수답다 윤수다워. 쟤가 좀 어떻게 된 거 아냐? 야 임마, 너도 좀 솔직해봐라. 너는 저런 거 입고 싶지 않았어? 공부가 인생의 전부는 아니라고, 선생님들도 그러시잖아? 임마, 헛소리 집어치워! 멋대로 사는 게 인생이냐? 저런 녀석 땜에 우리 반 평균이 내려가고, 우리가 매를 맞게 된 거란 말이야. 저번에도 괜히 잘난 척하다가 우리 반을 문제반으로 만들고…… 저런 놈은 학교에서 내쫓아야 돼……

　점심시간에 가서 유리창 너머로 보니, 윤수는 그때까지도 교무실 구석에 무릎을 꿇고 앉아 있었다. 그 회색 바바리코트를 목도리처럼 목에 건 채로. 유명한 자습서 출판사에서 만들어다 교실마다 달아준, 하루에 한 장씩 뜯어내는 달력 아래에서. 그 달력에는 '빅토리 시리즈는 승리의 열쇠!'라는 말 밑에 '대입고사 5일 전'이라고 붉은 색으로 적혀 있었다.

　윤수한테 무슨 위로의 말이라도 해줘야 했다. 나는 살그머니 교무실로 들어섰다. 당번인 척하고 분필을 집어든 다음에 막 윤수 앞으로 다가갔을 때, 마침 지나가던 체육 선생님이 말을 던졌다.

　"어이, 박윤수. 그 고생 말고, 너는 아예 네 학교를 하나 따로 세우지 그래?"

　바바리코트에 묻혀 있던 윤수의 머리가 파르르 떨며 꼿꼿이 세워졌다. 순간 나는 윤수의 그 이상한 눈빛을 다시 본 것 같았다. 어떻게 왔는지도 모르게 황급히 교실로 돌아왔다.

다른 사람은 몰라도 나는 예감했었다. 그리고 제발 윤수한테 불행이 닥치지 않기를 바랐었다. 하지만 지금 와서 그게 다 무슨 소용인가. 나는 아무것도 어쩌지 못했다. 차라리 어디로든 잠시 훌쩍 떠났으면 좋았을 텐데, 이제 윤수는 더욱 상처를 입고, 전보다 더 이상한 녀석 취급을 받을 것이다. 앞으로는 그 더듬거리는 말조차도 개의 입에서는 나오지 않을 거다. 도대체 이런 일이 왜 생기는 걸까. 윤수가 뭐 죽을죄를 지은 것도 아닌데, 꼭 이렇게밖에는 될 수 없었던 걸까.

·12월 5일··

윤수는 기말고사 때까지 선도실에서 따로 자습을 하게 되었다. 말하자면 감방에 갇힌 셈이다.

오늘 오후에 경규가 물었다. 시의 제목이 뭐냐고. 아직 다 못 지었다고 했더니 정말 딱하다는 듯 혀를 찼다.

"야, 모레 읽을 건데 여태 못 지어? 좌우간 네가 책임져. 식순에 넣을 제목은 내가 적당히 써넣을 테니까."

"네가? 뭐라고 할 건데?"

"글쎄. '승리의 월계관'은 어떨까?"

나는 어이가 없었다. 내 표정을 보고는 경규가 버럭 화내며 삿대질을 했다.

"야, 제발 그, 너만 특별나고 고상한 척 좀 하지 마. 그 제목이 저속하다 이거지? 도대체 고상과 저속의 차이가 뭐야? 기원의 밤은 내일이면 전쟁터 나가는 병사들의 마지막 밤 같은 거야. 그 밤에 어울리면 됐지, 고상하고 안 하고 따위가 무슨 소용이냐?"

"너는 고상한 게 싫은 모양이지만, 저속한 거보다는 낫잖아? 어쨌든 그 제목은, 저속하다기보다 어쩐지 좀 안 맞는 거 같다. 월계관은 한 사람밖에 못 쓰잖아. '지친 나그네여'는 어떨까?"

"뭐라구우? 너도 참 딱하다. 뭘 몰라도 너무 몰라. 그러면서 무슨 고상을 찾고…… 너, 임춘미가 부를 노래가 뭔지 알아? 선구자야, 선구자. 그 다음에 나와서 선구자한테 월계관을 씌워주는 게 네 일인데, 그 판에 '지친 나그네'가 어울리겠냐? 나는 그만 두고, 교무주임 선생님부터 허락 안 하실 거다. 난 몰라. 제목은 '승리의 월계관'으로 할 테니까, 내용은 네가 맞춰."

오후 내내, 시 낭송은 순서에서 빼버리거나 다른 사람한테 시키라고 하지 못한 게 후회스러웠다. 내가 빠진다고 기원의 밤을 못 여는 것도 아닌데, 그만두겠다는 말을 하지 못했다. 내가 맡은 배역의 정체가 똑똑히 드러났으니 때려치울 수도 있는데, 무엇보다 며칠 후면 기말고사가 시작되는 판에 여태 시를 다 짓지도 못했는데 말이다.

시 낭송을 때려치우지 않은 건, 아니 못한 건, 내가 마음이 약해 빠진 탓이라는 생각이 자꾸 들었다. 그러다가 나중에는, 아무래도 그건 강당의 무대에서 시를 읽는 내 모습에 내가 취했기 때문인 성싶었다. 어두운 밤, 마이크 주위만 밝힌 조명, 임춘미가 부른 노래의 여운이 가시지 않은 때에, 걔가 섰던 자리에 눈을 내리깔고 고즈넉이 서서, 간절한 마음으로 숨죽인 이들의 귓속에, 달콤한 꿈과, 따뜻한 위로와, 간장이 녹아나게 애절한 기원의 시를 속삭이는 나, 나라는 그 사람…… 졸렬하게! 저속하게! 이기적으로!

도대체 내가 선배들한테 줄 수 있다고 자신했던 그 무엇이 과연 무엇일까? 마땅한 말이 영 찾아지지 않는 걸 보면, 그건 애초부터 있지도 않았다. 내가 무얼 누구한테 주다니? 영웅심이 빚어낸 환상, 열등감이 낳은 허영.

화를 누나한테 풀었다. 학교에서 돌아와 보니 누나가 잔뜩 벼르고 있었다. 아니 넌, 비둘기 땜에 내가 노이로제 걸리게 생긴 걸 몰라 그러니? 무슨 고린내가 집 안에서 솔솔 나는가 했더니, 뒷베란다에다 아주 비둘기 아파트를 꾸몄더구나? 종이상자랑 널빤지 모아다가 그걸 만드느라 아주 힘드셨겠다. 사람 먹기도 아까운 식빵을 도대체 몇 개나 비둘기한테 먹였냐?

나는 달려가 보았다. 흔적도 없었다. 물을 퍼부어 씻어내기까지 했는지, 벽과 바닥이 온통 젖어 있었다. 나는 분통이 터져 참을 수 없어서, 왜 자기 멋대로 내 비둘기집을 부쉈느냐고 고함쳤다. 누나도 언성을 높였다. 공부는 안 하고 밤낮 소설책만 읽는 녀석이 집

안에다 웬 비둘기 사육이냐, 아직 다 짓지도 못한 것 같던데 그런데 신경쓸 시간 있으면 영어 단어라도 하나 더 외워라, 버젓이 사람 구실하며 살고 싶거들랑 노력은 성공의 어머니라는 말을 잊지 마라, 젊어서 고생은 돈을 주고도 못 산다……

말이야 일리가 있는 말이다. 하지만 이거야말로 약육강식이요 적자생존이다. 이 집에는 누나만 사나? 이 집은 사람만 살라는 집인가?

　　지친 나그네여,
　　오랫동안 홀로 헤매인
　　여윈 나그네여.
　　불면과 갈증에 시달리며
　　그대가 찾아온 초원은
　　어디 있느냐.
　　햇살 눈부신 땅,
　　모두 아름다웠던 그 아이들은
　　어디 갔느냐.

　　이젠 마음조차 여윈
　　나그네여, 너는 좋으냐
　　그대가 헤매인 길
　　그 길 밝히던 가녀린 촛불에,

보아라, 어둠 속에 드러난

저 파리한 얼굴들……

•12월 6일..

어지럽고 피곤한 날이다. 하지만 죄다 잘 적어두었다가 두고두고 생각해봐야겠다.

먼저 윤수하고의 일이다. 점심시간에 선도실에 가보니 윤수는 혼자 밥을 먹고 있었다. 나는 눈치를 보면서, 답답하지 않으냐고 물었다. 윤수는 묵묵히 고개를 저었다. 답답하지 않다는 게 이상스럽다고 봐야 할지 어쩔지 갈피를 잡기 어려웠다. 다른 애들과 떨어져 혼자 있으면 마음이 편해지는지도 몰랐다. 나는 화제를 찾았다.

"너는, 성적표 준법성란에 '다'가 동그라미 쳐질 거야. '가'가 아니라 '다.'"

윤수는 나를 힐끔 보더니 밥만 우적우적 씹었다. 좀 웃어보자고 한 소린데, 화제를 잘못 고른 셈이었다. 준법성이든 책임감이든 어차피 성적으로 매겨지는 거고, 성적이라면 윤수나 나나 피해야 될 화제니까.

윤수가 도시락을 깨끗이 비웠다. 상태가 짐작보다는 나은 성싶었다. 나는 주전자의 물을 도시락 뚜껑에 부어 주었다.

옆방에서 주고받는 말소리가 들렸다. 아 글쎄, 걔가 왜 집에 늦게 들어오나 했더니, 동네 목공소에서 시간제로 일을 한다잖아요. 나무를 깎고 다듬다보면 마음이 가라앉고 편해져서 그런다는 거예요. 제 아버지하고 나는 그저 한 자라도 더 배우게 하려고 애태우는데, 뚱하니 지내다가 돈이 필요할 때나 겨우 입을 열더니, 하는 짓이라는 게 고작 미친 놈처럼……

그냥 두세요. 그러다가 자기 길을 찾겠죠. 9반 담임인 음악 선생님의 음성이었다. 아니, 그냥 두라뇨? 남들은 과외를 하네 어쩌네 야단인데, 아 글쎄, 지금은 한참 교과서를 파며 공부해야 할 나이 아닙니까?

너무 염려 말고 그냥 두시라니까요. 교과서만 교과서가 아니고, 학교 공부만 공부가 아닙니다. 애들은 자라는 나무 같아요. 제가 알아서 뿌리와 가지를 벋을 데로 벋습니다.

윤수가 나를 보며 저 소리 들었느냐는 듯이 빙그레 웃었다. 나도 웃었다.

그때까지만 해도, 나는 윤수를 미심쩍은 눈으로 관찰하고 있었다. 나는 다시 화제를 찾아냈다. 저번에 네가 생물 선생님께 드린 질문, 적자생존하고 자연의 조화 문제, 그걸 해결했느냐고 물었다. 윤수는 물 묻은 입귀를 훔치며 고개를 끄덕였다. 해결했다는 뜻이었다. 나는 좀 놀랐다. 그리고 의심스럽기도 했다. 그래서 연달아 말했다. 나는 무슨 소린지 잘 모르겠더라. 같은 말 같기도 하고, 다른 말 같기도 하고. 적자생존이면 살고 죽으며 이기고 지는 건데, 뭐가 자연의 조화라는 거냐? 알아냈으면 좀 설명해달라.

"내, 내가 퇴, 퇴학당하면, 적자, 적자생존이야. 약육강식이구."

"퇴학은 무슨…… 그럼, 네가 학교를 계속 다니는 게 자연의 조화 같은 거니?"

내 질문이 다소 졸렬하다는 생각을 하며 기다렸지만, 윤수는 대답하지 않았다. 정말 몰라서 물었는데도 그러니, 나는 좀 기분이 언짢았다.

그런데 내가 자리를 뜨려고 하자 윤수가 물었다.

"기, 기원의 밤에, 시를, 시를 읽을 거니?"

윤수가 나에 관해 묻고 있었다. 나는 고개를 끄덕였다. 왠지 말로 답하기가 쑥스럽고 또 싫었다.

"그런 건 자연의 조화가 아냐. 사람 환경은 사람이 만든 거라구. 준법, 준법성 점수 따위가, 두려운 건 아니지?"

나는 그렇다고 말했다. 그리고 시를 읽는 건 내가 하겠다고 해서 하는 일이다, 준법성 얘기는 그냥 해본 소린데 왜 거기 갖다 붙이느냐, 그러면서 웃었다.

하지만 몸을 돌려 선도실을 나와 언제부터 내리기 시작했는지 모를 부슬비를 맞으며, 싸늘한 냉기에 잔뜩 움츠리고 운동장을 가로질러 교실로 돌아오면서, 나는 정말 종잡기 어려운 기분에 휩싸였다. 섭섭하고 낭패스럽고 수치스런 야릇한 느낌…… 내가 아니라 윤수가, 윤수에 관해서가 아니라 나에 관해 묻고 또 말했다. 기원의 밤에 시를 읽는 건 '자연의 조화'가 아니다—그게 무슨 말일까? 어쩌면 그렇게 잘라 말할 수 있을까? 그때 윤수는 거의 더듬지 않았으며, 조금도 이상스러워 보이지 않았다!

나는 혼란스러워 머리를 거칠게 흔들었다. 발로 복도 바닥을 굴렀다. 성이 차지 않아 손가락을 깨물었다. 별로 아프지 않았다.

도저히 의자에 붙앉아 있을 수 없었다. 나는 골치가 아파 못 견디겠다고 엄살을 피워 조퇴 허락을 받았다. 정말이지 어딘가로 떠나고 싶었다. 아무도 없는 데 가서 마음을 가라앉히고, 한 가지라도 좀 또렷하게 생각을 정리하고 싶었다.

그러나 내가 갈 곳이라곤 집 뒷산밖에 없었다. 주머니를 털어 식빵 한 덩이를 사들고 수북이 쌓인 낙엽을 밟으며 허덕허덕 올라갔다. 내 몸에 남아 있는 기운을, 어쩐지 마지막까지 다 써버려야 될 것 같았다. 그런데 약수터 근처에 이르러 잠시 숨을 돌리고 있을 때, 그때 정말 이상스런 일이 일어났다. 비둘기 한 마리가 사뿐히 내 어깨에 앉는 것이었다. 나는 어리둥절해서 엉거주춤 서 있었다. 고개를 돌리면 비둘기와 내 얼굴이 마주칠 테고, 그러면 그 비둘기가 날카로운 부리로 눈이라도 쪼을 것 같았다. 그 참에 비둘기가 또 한 마리, 이번에는 머리 위에 앉았다. 그리고 연달아 몇 마리가 발치에 내려앉더니, 종종걸음 치며 나를 올려다보기도 하고 빙빙 돌기도 하였다. 헐벗은 나무들이 비에 젖어 흑백사진처럼 보이는 숲속, 나는 어느 전설의 나라에 들어선 느낌이었다.

나도 모르게 식빵 봉지를 풀었다. 그리고 잡히는 대로 뭉텅 떼어서 던졌다. 비둘기들이 쏜살같이 거기로 모였다. 어깨에 앉았던 놈은 날개로 내 뺨을 치며 꼬나박혔다. 그때 나는 알았다. 그 비둘기들이 우리 집 베란다에서 살던 놈들이라는 것을. 나는 식빵을 잘게 떼어 널찍이 뿌리며, 속으로 되풀이 중얼거렸다. 너희가 이러는 건 나를 좋아해서냐 먹고살기 위해서냐. 너희들이 이리도 푸드덕거리며 다투는 것은, 그래도 되는 한 형제끼리이기 때문이냐 조금이라도 많이 먹고서 살아남기 위해서냐.

지금 이 순간에도 시간은 흐른다. 내가 갈피를 못 잡고 맴도는 동안, 비둘기들은 인가에 뛰어들거나 굶어 죽어가고, 선도실 구석에 갇혀서도 윤수는 생각을 발전시킨다. 내가 선배들한테 하고픈 말을 찾지 못하고 꿈지럭대는 동안, 기원의 밤은 닥쳐온다. 내가 책상 앞에서 몸을 뒤트는 동안에도 기말고사가 덮치고, 저기 저 고 3의 늪이 불어나면서 가슴까지 흙탕이 차오르고…… 몽롱한 머리, 알 수 없는 마음, 풀기 어려운 숙제, 도저히 몸을 뺄 수 없는 이 도도한 시간!

˙12월 7일˙˙

기원의 밤은 교장 선생님 말씀으로 시작되었다. 밖은 이미 캄캄했다. 강당 안은 사람으로 가득했다. 3학년 남녀 학생들이 가운데 앉고 학부형들이 그 주위에 앉거나 서 있었다. 교장 선생님은 해마다 전국의 우수 대학에 많은 합격생을 배출해온, 명문 학교의 '빛나는 실적'을 강조했다.

다음에는 어떤 3학년생의 어머니가 학부형 대표로 나와서 그동안 정말 고생했다는 말을 거듭했다. 잠을 못 자서 코피 쏟던 얘기, 압박감 때문에 소화불량에 걸려 고생하던 얘기 등등을 높고 구슬픈 목소리로 이어나가자, 여기저기서 훌쩍이는 소리가 났다. 모든 게 몇 시간 동안에 결정되는 만큼, 그간 갈고 닦은 실력을 충분히 발휘할 수 있도록 남은 기간에는 부디 마음을 가라앉히라고 할 때는, 그 어머니도 목이 메었다.

무대 아래쪽의 불이 꺼졌다. 부분 조명 속에서, 교장 선생님이 초에 불을 붙였다. 3학년 담임선생님들이 초를 한 자루씩 들고 나와 그 촛불에서 불을 붙였다. 담임선생님들은 가만가만 무대에서 내려와 자기 반 앞에 섰다. 두 손으로 초를 받쳐 든 학생들이 한 명 한 명 나와서, 다시 그 촛불에 불을 붙였다. 강당 안은 점점이 불어나는 촛불로 채워져갔다.

경규가 마이크 앞으로 나왔다. 선배님들, 먼 길 달려오느라 수고했습니다. 선배님들의 달력은 이제 이틀밖에 남지 않았습니다. 그동안 온갖 것 참으며 외길만 달려온 것은, 최후에 웃는 자가 승리자임을 잘 알기 때문입니다…… 우리도 열심히 해서 승리자가 되겠습니다.

무수한 촛불이 잔잔히 일렁일 뿐, 강당 안은 그저 고요하기만 했다. 피아노 소리가 정적을 깼다. 「선구자」였다. 한복을 차려 입은 임춘미가 사뿐히 걸어나와 노래를 불렀다. 학생들이, 처음에는 낮게, 나중에는 춘미의 목소리가 구별되지 않을 정도로 커다랗게 따라 불렀다. 독립군들처럼 비장하게.

그만하면 모든 게 된 셈이었다. 더 이상 무엇이 필요치 않은 때에, 저도 무슨 말인지 확신이 안 서는 몇 줄의 시, 도대체가 「선구자」 노래와 걸맞지도 않고 진행표에 적힌 제목 '승리의 월계관' 하고도 영 딴판인 글 쪼가리를 읽어야 하는 내 처지가 곤혹스러웠다. 나는 원고를 만지작거렸다.

노래의 여운이 채 가시지 않았고, 내가 막 일어서려는 그때, 춘미가 물러나는 자리에 누가 불쑥 나타났다. 그의 목소리가 확성기에서 울려나왔다.

"우, 우, 우리는 마, 마라톤 선수, 선수가 아닙니다."

바바리코트를 입은, 윤수였다.

"모, 모두 승리, 승리하면 누가, 패, 패배합니까?"

경규가 튀어나와 윤수의 팔을 잡아끌었다. 내 몸이 부들부들 떨었다.

선생님들, 또 앞자리의 3학년 남학생들이 우르르 달려나왔다. 윤수가 마이크를 움켜쥐고 외쳤다.

"자기, 자기, 초, 촛불을 꺼! 꺼! 그러면 아, 아무도 패배하지 않……"

아아, 나는 또다시 어쩔 수 없었다. 얼굴이 무시무시하게 일그러진 3학년생들이 무더기로 달겨들어 윤수를 무대 아래로 끌어내렸다. 문밖으로 질질 끌고 갔다. 놀랍게도 그들은, 뜯어말리는 선생님들까지 거칠게 밀쳐냈다. 미친 놈! 빌어주진 못할망정, 이따위가 후배야? 네 촛불이나 꺼라 임마! 아우성. 갑자기 밝아지는 실내. 눈부신 불빛에 퍼뜩 드러난, 초라하게 흩어진 양초 도막들. 자기 아이를 찾는 학부형들의 외침. 어서 모두, 자리에 앉아라 앉아. 가녀린 촛불을 든 채, 여학생들의 흐느낌.

그리고 길고 긴 나의 흐느낌.

각자의 촛불을 끄면, 아무도 패배하지 않는다—윤수의 그 말이 바로 내가 찾던 말 같다. 어쩌면 그보다 훨씬 나은 말인지도 모른다.

바바리코트를 입은 윤수와 촛불을 든 입시생들…… 정말 이상스런 형제들이다. 아니, 이상스럽기로 따지면, 이상한 쪽은 윤수가 아니다. 이제서야 윤수의 마음을 알 것 같다.

여태까지 윤수에 대해 품었던 오해의 말과 생각들을 모두 지운다.

섬에서 지낸 여름

8월 1일..

바다는 정말 한가롭다. 세상에 저토록 한가로운 게 있다니, 한참 바라보다 보면 슬그머니 부끄러운 마음이 든다. 지구 표면의 칠 할이 바다라는데 나는, 아니 어쩌면 '나'라기보다 '너'는, 무엇에 그렇게도 쫓겼을까? (쫓기지 않았다면, 그럼 쫓아왔나?) 집을 떠나 이섬에 온 일이, 이 여름방학을 뒤죽박죽으로 만든 온갖 행동들이, 과연 그래야만 했던 것일까?

모래밭에는 조개가 많이 산다. 바닷물이 닿는 곳이면, 어제 판 곳을 또 파도 나온다. 조개들은 모두 다르다. 모양이 비슷해도 색깔이며 무늬가 얼마나 다르고 기묘한지, 예쁘고 미운 게 따로 없다. 그래서 생전 처음 보는 것처럼, 조개가 낯설게 느껴진다. 이 외딴 섬 모래밭에 박혀 살면서도 각자 제 모습을 지니고 있다니, 참 신기하다. 허나 사실은, 낯설고 신기하게 여기는 것 자체가 우스꽝스런 짓 같다. 내가 몰랐던 것일 뿐, 조개는 각자가 처음부터 조개다.

검은 밥상 위에 딴 건 없고, 달랑 수저만 네 벌 놓여 있었다. 누군지 모르겠지만, 그게 우리 식구 밥상이라고 했다. 식구는 셋인데 수저가 왜 네 벌이냐고 하니까, 누나, 자형, 나 그렇게 셋에다가 누나의 아기 것이라고 했다. 그런데 누나의 표정이 좀 불안했다. 아기는 그 옆에 숨겨 있고…… 모두가 그 아기를 원치 않았기 때문이라는 것이었다. 나는 듣고 보기만 할 뿐, 손가락도 까닥할 수 없었다. 내가 있지만, 있으나 마나 한 공간. 참 이상한 꿈이다.

시각을 모르면 불안하다. 날이 밝으면 일어나고 배고프면 아무때나 먹으면 되는데, 금세 보고도 또 시계를 보게 된다. 학교도 안가고, 누나가 잔소리를 하지도 않는데, 저도 모르게 그러는 거다.

그러고 보니 자꾸 확인하는 게 또 있다. 바로 돈이다. 무얼 사거나 먹을라치면 문득 머릿속에서 남아 있는 돈이 팔락팔락 한 장씩 넘어가는 것 같다. 돈만큼, 돈이 허락하는 만큼만 살 수밖에 없는 사람처럼.

그런 것들에서마저 벗어나질 못하다니, 한심스럽다. 그 따위에 신경 쓸 겨를이 없는데…… 아니, 또 이러면 안 된다…… 시간은

있다. 문제는 돈이나 시간이 아니다. 하나씩 하나씩 잘 생각해봐야
한다.

나를 포함하여, 다들 어디가 고장 나거나 마비된 것 같다. 왜 이
럴까? 정말 누구의 책임일까? 경석이의 누나는 그때 분명 그렇게
말했다.

—경석이하고 친하지 않다구? 친하지 않은데 경석이가 자꾸……
그래서 불편하니까, 지금 우리 집에서 나가겠다, 그 말이야? ……
그게 무슨 소리니? 경석이는 너하고 정말 좋은 얘기도 많이 나누고,
네가 살았던 고아원에 가서 봉사 활동하느라 밤늦게 들어오기도 하
고, 나한테까지 돈을 꾸어다가 너를 돕고…… 아니니? 그런 적 없
니? 고아원에 산 적도 없고…… 어머머, 정말 놀라 자빠지겠네. 애
가 왜 그랬을까. 어째서 그랬을까. 그러고도 너를 집에, 아버지께
데려왔단 말야?

왜냐 선생님께서 언젠가 그러셨다. '마음눈'으로 보라고. 마음에
눈이 있는지 모르겠지만, 무덤은 있을 것 같다. 무덤은 산에만 있지
않고 사람의 마음속에도, 그것도 공동묘지처럼 많이 있을 것 같다.
세상을 오래 산 사람일수록, 남보다 불행하게 살아온 사람일수록
더 많겠지. 왠지 그런 생각이 든다.

무덤마다 묻혀야 될 것들이 묻혀 있을 것이다. 그렇다, 도무지 저
절로 잊히지 않기에 묻어버릴 수밖에 없는 것들, 어떤 뼈아픈 말이

라든지 잊지 못할 표정, 운명이 결정되던 순간의 잔인스런 장면 따위가 묻혀 있을 것이다. 그런 걸 마음의 땅에 꼭꼭 묻은 이는 물론 그 마음의 주인이다. 산 임자가 자기 산에 부모나 자식의 무덤을, 아니 누구보다 자기 자신의 무덤을 만들 듯이 제가 제 기억을 자기 속에 묻는 거다. 슬퍼하고, 후회하고, 자책하며.

세월이 흐르면, 언젠가는 그 무덤들마저 무너지고 잊힐 것이다. 그러지 않는다면 어떻게 평화롭고 즐겁게들 살아갈 수 있겠는가? 이 해수욕장에서 모래성을 쌓거나 튜브를 타며 태평스레 놀고 있는 사람들의 마음속에도, 당시에는 불에 덴 듯이 놀라고 눈앞이 온통 뒤죽박죽으로 시커멓게 변했던 장면들, 그러나 이제는 흔적조차 없어지고 기억마저 사라진 그 무덤들이 틀림없이 많이 있을 것이다.

그런데 어느 날엔가 우연히 마음 한 곳에 아픈 가시가 박히면서 기억들이 되살아나면, 지진이든가 산사태 따위가 일어나 잊힌 무덤들까지 드러나고 묻혀 있던 관뚜껑이 열려버리면 어떻게 하지? 그래서 옛 상처에서 다시 피가 흐르고, 도깨비들이 공동묘지를 가로세로 날뛰고 다니면, 사람들은 어떻게 견디는 거지? 자기 앞에 놓여 있는, 뭐랄까, 먹구름처럼 덮어누르는, 말하자면 엄청나게 길고, 어둡고, 추운 시간들. 눈을 떼려야 떼어지지 않는 자기 모습, 제가 보아도 끔찍스레 일그러진 저 자신의 모습을 어떻게 참고 견디지?

눈으로는 바다와 모래밭을 보면서, 머릿속에서는 자꾸 무덤 생각이 머리를 쳐들고 새끼를 친다. 저 평화로운 해수욕장 사람들 속에도 엄연히 묻혀 있는 주검, 살아 있는 사람 속의 죽음…… 내가 묻

156

은 것들과 묻어야 할 것들, 내 마음속의 공동묘지.

　바닷물 속에서 색안경을 주웠다. 누가 헤엄치다가 잃었던 모양이
다. 말끔한 채 발끝에 걸린 게 참 희한하다. 새파란 알이 작고 깜찍
한, 아주 멋쟁이 안경이다. 남이 색안경 쓴 걸 보면 어쩐지 마땅치
않았는데, 막상 써보니 제법 괜찮다. 풍경의 색깔이 부드럽게 죽고
모양도 단순해져서 눈이 아주 편하다. 영화배우나 가수가 색안경을
잘 쓰는 건, 멋을 부리거나 남의 눈을 피하기 위해서보다, 눈이 편
해서 마음도 편해지기 때문인 성싶다. 밤에도 끼고 다녀서 조롱했
었는데, 색안경을 색안경 끼고 보아온 셈이다.
　하지만 내가 이걸 코에 얹어놓고 다니면, 눈은 편해도 마음은 편
치 않을 것 같다. 정말 다들 내놓고 한심하다는 표정을 지을 거다.
쯧쯧쯧 하고 혀까지 찰 게 분명하다. 쟤는 왜 저렇게 빈둥거려? 한
참 공부할 땐데, 해수욕장에서 멋이나 부리고. 그것도 혼자서 말이
야. 틀림없이 집에서 아예 내놓은 자식일 거야……
　색안경을 썼다 벗었다 하다가 콧등에 좀 도드라진 것이 만져져서
잡아 뜯었더니 살점이 떨어져 나왔다. 햇볕에 너무 타서 그렇다. 약
도 없고 해서 침을 바르니까 더 쓰리기만 하다. 그런데 며칠 전에
어깨에 물집이 생겼을 때하고는 달리, 쓰리면 쓰릴수록 이상스레
기분이 더 좋아진다. 그 바람에 연방 침을 더 발랐더니, 부어오르기
까지 한다.
　부어오른 콧등에 색안경을 얹고 바닷가 모래 언덕에서…… 나는

지금 정말 무엇을 기다리는 걸까?

　선착장에 배가 닿으면 내리는 사람과 타는 사람이 뒤얽혀서 아수라장이 벌어진다. 하지만 쉽게 구별할 수 있다. 차림이 말쑥한 데다 햇볕에 그을리지 않아 피부가 뽀얀 이들이 막 도착한 사람들이다.

　들뜬 기분으로 배에서 내리면, 그들의 시야에 맨 처음 들어오는 모습이 있다. 선착장 한켠에 쌓인 그물더미에 걸터앉아 이쪽을 바라보고 있는, 학생인 것도 같고 아닌 것도 같은, 아이라고 하기도 그렇고 청년이라 부르기도 좀 어색한, 그런 한 남자의 모습. 그는 피곤해 보이는 데다 꾀죄죄한 티셔츠를 걸쳤고, 볕에 탈대로 타서 아주 흑인 같다. 걸터앉아 있는 그물더미의 주인집 아들처럼 보이지는 않는다. 어장 일을 하기에는 허약해 보이고, 무엇보다도 깡마른 얼굴에 뚫린 커다란 눈을 유난히 두릿거리고 있어서. 그런 눈은 섬마을에 어울리지 않는다. 번잡스런 해수욕장하고도 안 어울리고. 무언가를 찾거나 기다리는, 신경질적으로 빛나는 그 눈…… 이런 참, 별 생각을 다 하고 있다. 배에서 내리는 이들은, 사람은 그만두고 그물더미조차 쳐다보지 않는다. 먹고 놀 일에만 정신이 팔린 그들의 눈에 다른 무엇이 들어올 리 없다. 혹시 윤수라도 그 속에 끼여 있다면 모르겠지만.

　윤수는 왜 여태 오지 않는 걸까? 편지조차 없는 걸 보면, 내가 남긴 편지를 보지 못했는지 모른다. 그런데, 머리칼이 마구 자라고 뻘겋게 부은 콧등에 색안경을 올렸다 내렸다 하는 이 사람은, 내가 전부터 알고 있었던 바로 그 사람인가?

‘8월 2일‥

　날마다 땡볕이 쏟아지는 통에, 정오 무렵부터는 모래밭을 맨발로 다니기가 어렵다. 더울수록 사람이 적어질 성싶은데, 거꾸로 자꾸 늘어나기만 한다. 더위를 피해 더위 속으로 모여드는 사람들. 얼마 안 있어 이 해수욕장이, 아니 손바닥만 한 이 섬 전체가 서울의 백화점이나 시장바닥처럼 사람으로 가득 차버릴지 모른다. 그쯤 되고 보면, 그런 곳을 빠져나온 이들이 모여 도로 그런 곳을 만들어서, 결국 시장바닥을 못 벗어나게 되는 셈이다.

　사람들이 어째서 몰려다니는지 모르겠다. 혼자서는 지낼 줄 모르기 때문일까? 혼자가 싫어서 몰려다니고, 몰려다니다 보니 서로 닮는 바람에 더욱 혼자 지내지 못하게 돼서, 우글거리는 데를 피해와선 또 우글거리는 걸까? 그렇다면 저들은, 어딜 가나 사람이 어째 이다지 붐비느냐고 투덜대면서, 속으로는 안심을 하고 있을 거다. 혼자 지내지 않게 되어 다행이다, 당분간은 그럭저럭 시간을 때울 수 있게 돼서 참 다행이다, 그러고 있을 것이다. 아주 은밀히, 비밀스럽게, 체면을 지키며.

　사람들은 섬을 무서워한다. 그냥 놔두지도 않는다.

왼손 검지의 손톱이 부러졌다. 손톱깎이가 없으니 원시인처럼 이빨로 물어뜯고 돌에 문질러 다듬어야 했다. 누구한테 빌리면 되겠지만, 그러기 위해 몸을 움직이고 입을 열어 그렇고 그런 행동들을 하기 싫어서 그만두었다. 아니, 그러다 보면 내 속에서 무언가가 다 흐트러지고 무너질 것 같아 그만두었다.

손톱과 수염이 이렇게 빨리 자라고, 자랄수록 억세어지는 줄 몰랐다. 온몸이 머지않아 가시가 잔뜩 돋친 선인장이 되어버려서, 윤수가 오면 나를 몰라볼지도 모르겠다. 그런데, 사막의 선인장들은 자기가 선인장임을 알까? 자신이 왜 그 황량한 곳에서 가시를 잔뜩 달고 서 있는지 알고 있을까? 그걸 알면서도 선인장들은 선인장답게 살아가고 있는 것일까? 적어도, 적어도 자기가 선인장인 것을 인정하고, 선인장들의 세상에서.

그 애가 생각난다. 지하철에서 보았던 그 아이. 열 서너 살쯤 먹었는데, 출입구의 쇠기둥을 붙잡은 손이 아기처럼 작은데다가, 그 손톱이 정말 아파 보일 만큼 짧게 깎여 있었다. 얼마나 바짝 잘랐는지 조금만 세게 움켜쥐어도 금방 손톱 밑에서 피가 방울방울 새 나올 것 같았다. 그걸 보자마자, 나는 단정했다. 제가 제 손톱을, 바로 깎는 법을 알면서도 저렇게 깎았을 거다. 남이 저렇게 만들었을 리는 없다.

그 애는 자기 손톱이, 어쩌면 자기 자신이 싫었을 거다. 그 나이에 벌써, 제가 저를 시험하거나, 아니 그게 아니라, 남들에게 무언가 간절히 외치느라 그랬을지도 모른다. 어쨌든 그 애가 지금 여기 있다면, 안아주고 싶다.

지난 겨울엔 많이 굶었다. 눈이 꽤 자주 왔으니까. 눈이 내리면 끼니를 거른 채 마냥 걸어다녔다. 땀을 흘리고, 숨을 몰아쉬며, 개처럼. 그래, 눈이 오면 날뛰는 개처럼.

배는 그다지 고프지 않았다. 속이 비었으므로 눈이 더욱 희어 보이고, 몸도 훨씬 가벼워졌다. 그리고 무슨 씁쓸한 액체 같은 것이 조금씩 조금씩, 하지만 어느샌가 뱃속 가득히 차오르는 것 같았다. 그 느낌 때문에, 온몸이 가벼우면서도 충만한 그 생생한 감각에 취하여, 하늘이 흐려지고 눈발이 날리기 시작하면 말할 수 없이 기뻤다. 오로지 굶은 채 쏘다닐 일에만 정신이 쏠렸다. 그렇다, 참지 못하고 담임선생님께 거짓말을 해서 조퇴까지 한 적도 있었다.

어째서 눈이 내리면 한 끼니 굶기로 했었는지 모르겠다. 그걸 종내 비밀로 한 건 또 무슨 까닭인지 모르겠고…… 까닭을 모른다고 일어난 일이 사라지지는 않을 것이고, 까닭을 잘 안다고 해서 그런 일이 안 일어나지도 않을 테지만…… 어쨌든 눈 덕분에, 작년 겨울엔 살맛이 났다. 살맛? 그래, 살맛 때문이었던 성싶기도 하다.

사람이 죽었다. 주검을 간신히 바다에서 찾아 건져냈다.

함께 온 식구들 모습이 말이 아니다. 어머니는 하얗게 질린 얼굴로 허둥대더니 결국 몸을 가누지 못하고 쓰러지다가 벌떡 몸을 추스르더니 주검 쪽으로 엎어지며 몸부림쳤다. 안 돼! 준수야, 어디

가니, 우리 준수…… 엄만 어쩌라고, 너 같은 애를 어디 가서 찾으라고, 아이구 우리 애기…… 준수라는 그 아이는 어디로 간 걸까? 개하고 똑같이 생긴 몸이 남아 있는데 어디로 가버렸다니, 여태 그 어머니는 누가, 무엇이 준수라고 여겼던 것일까? 보고 싶지 않았지만, 구급차에 실릴 때 자세히 보고 말았다. 그 주검은, 내 또래의 나이라는데, 전혀 '애기' 같지도 않고 '아이' 같지도 않았다.

아무리 가만히 있고 싶어도, 이렇게 무슨 일이 자꾸 일어나 내 속으로 파고들어 소란을 피운다. 미리 막기는커녕 짐작도 할 수 없는 것들 속에, 어쩔 수 없는 것들 한가운데에 파묻혀 살고 있다. 아무것도 알거나 해명하지 못하면서, 아무것도 알지 못한다는 것만 알면서.

그런데 어쩐 일인지 그 주검이 뇌리에서 떠나지 않는다. 나의 육체도 그 주검처럼, 이미 '아이'가 아니다. 늘 몽롱하고 작은 것에도 쉽게 혼란에 빠지는 내 마음은, 과연 남들이 '고등학교 다니는 아이'라고 부르는 이 몸속에 있는 것일까? 나의 이름은, 정말 무엇에 붙여진 이름인가.

어둠이 깔리면 썰물이 시작된다. 그래서 밤이 깊어지면 해안선은 텐트에서 꽤 멀어진다. 차갑게 굳은 모래사장을 바다 쪽으로 한참 걸어야 써늘한 바닷물이 발에 닿는다. 거기서 돌아다보면, 검푸른 하늘 아래 섬은 아주 작고, 해수욕장은 꺼져가는 모닥불 같다. 나는 어둠 속에, 또 바다 한가운데 던져진, 터무니없이 머리만 큰 동물에 불과하다는 공포가, 아니 슬픔이 몰려온다.

  파도의 물마루가 달빛을 되쏘며 검푸르게 빛나는 모습을 뒤로 하고 쫓기듯 돌아올 때, 그때 무슨 꽃인가 흐드러지게 핀 화려한 주름치마와 그 위에 놓인 통통한 손이 보이고, 그 목소리가 다시 들렸다. ……주스 어서 마셔라. 네가 바로 선재구나. 잘 왔다, 우리 집에. 우리 경석이가 원체 친구가 없어 걱정스러웠는데, 요사이 어찌나 네 얘기를 하는지, 그래서 쟤 아버지가 너를 꼭 만나보고 싶어 하셨단다. 아 참, 옥두는 어디 갔지? 나와 보지 않고. 옥두는 경석이 누나야. 우리 집 애물단지란다. 선재 너는, 키가 크구나. 아주 어른이 다 됐네. 공부하느라고 힘들지? 그래도 참아야 돼. 그래야 시험을 잘 보고, 시험 잘 봐야 이길 것 아니냐……

  경석이 어머니는 오늘 유난히 자주 생각났다. 텐트 바닥에 깔았던 종이 상자가 눅눅해져서, 비라도 올 때를 대비해서 그 밑에 돌을 깔았다. 오늘 새로 텐트를 친 축들이 근처에서 모닥불을 피우네 밥을 짓네 법석을 떠는 동안, 돌을 모은다고 이 구석 저 구석 온 바닷가를 뒤지고 다녔다. 다시 텐트를 친 다음, 물건들을 안에 들여놓고 허리를 펴니 온몸이 땀에 젖어 있었다. ……여기, 고기 더 먹어라. 너희들 나이에는 잘 먹어야 돼. 네 누나는 무슨 음식을 잘해주니? 네가 그렇게 잘하니까 누나도 잘해주겠지…… 누나한테 잘하는 게 없다구? 아이구, 의젓하기도 해라. 그럴 것 없다. 네가 얼마나 누나하고 잘 지내는지 우리 경석이한테 다 들었어. 요새 세상에 너희 남매처럼 의좋은 남매는 없을 거다. 우리 경석이도 참 착하지. 너하고 둘이 형제처럼 지내렴. 우리 경석이, 우리 경석이는……

경석이 어머니의 경석이는, 나의 경석이와 달랐다. 그때는, 어머니니까 그럴 수 있다고 생각했었다. 나의 경석이, 내가 알았던 경석이는 지금 나를 원망하거나 이상한 녀석으로 치부하고 있을 것이다. 이 경석이를 어째야 하나? 진짜 경석이는 어디 있을까?

달빛 그득한 모래펄에는 지금 아무도 보이지 않는다. 다들 잠든 모양이다. 그런데 문득 바람결에 잦아들었다 되살아나는 노랫소리. 앳된 여자 목소리에 실린, 초등학생 때 유난히 좋아했던 저 노래…… 멀리서 반짝이는 별님과 같이/의좋게 사귀면서 살아봤으면./높푸른 하늘나라, 별님의 나라/그곳에 나도 가서 놀아봤으면……

등대여관 주인집 딸 같다. 그 애는 지금 저 노래를 부르며 살아 있다. 나는 그 소리를 들으며 살아 있다. 그와 나는, 좌우간 지금 살아 있다. 이 고즈넉한 밤의, 지리멸렬한 삶 속에서.

`8월 3일..`

모래는 끊임없이 움직인다. 바람에 쓸리고 바닷물에 깎이며, 제 무게 때문에 무너져 내리기도 한다. 바다가 잠시도 가만히 있지 않듯이, 그렇게 순간마다 변한다.

모래한테도 생명이 있다면, 모래는 저렇게 변하다가 마침내 무엇이 되고 싶은 걸까? 생명이 있든 없든 무엇이 되든 안 되든 간에, 모래가 저렇게 꿈틀대는 데에는 어떤 이유가, 그 무슨 뜻이라도 있어야 할 것이다.

그런데, 뭐가 모래인가? 어떻게 생긴 게 모래인가? 한 알 한 알을 가지고 말해야 하나, 전부를 가지고 말해야 하나? 전부라면 어디서부터 어디까지가 모래인가? 이상하다. 모래는 분명 모래였는데 무엇이 모래인가를 따져보면 정체를 알 수 없…… 아니, 말하면 안 된다. 함부로 단정해선 안 된다.

개를 데리고 하루에도 몇 차례씩 느릿느릿 해변을 오가는 등대여관 집 딸은, 어깨를 덮은 넓은 수건 밑에 수영복을 입고 있지만, 한 번도 물에 들어가는 걸 보지 못했다. 개는 리본을 매고 털에 물까지 들인 서양 개다. 꽤 비싼 놈처럼 보이는데, 그다지 귀엽지는 않다.

등대여관 주인집 딸은 중학생 같기도 하고 고등학생 같기도 한, 무척 모양을 내는 애다. 수영복과 수건 색깔이 화려하다. 머리칼을 단단히 땋아 내리고 끝에다 댕기 비슷한 것까지 드렸다. 그렇지만 별로 예뻐 보이지 않는다. 그래서 어쩐지 개하고 주인이 닮아 보인다. 둘 다 지지고 볶아서 멋을 부렸지만 값싼 인형 같은 느낌이 든다.

등대여관 주인아저씨가 딸이 저 모양으로 노상 해변을 오가도록 놔두는 걸 보면, 쟤는 아주 고집쟁이인 모양이다. 어제 물을 얻으러 갔다가 우연히 보았는데, 아버지 쪽으로 턱을 쳐들고 도끼눈까지 뜨고는, 왜 자꾸 참견이냐면서 신경질을 냈다.

어째서 바닷물에는 들어가지 않는 걸까? 모양 낸 게 모두 망가질까 봐 그러는지 모른다. 아니, 그게 어쩌면 무슨 신호, 자기도 모르고 송신하는 어떤 신호일지도 모른다. 글쎄, 윤수가 보면 무어라고할까. 너는 그렇게 할 일이 없느냐고, 저런 애한테 신경을 쓸 만큼 그렇게 시간이 남아도느냐고, 되레 나한테 언성을 높일지 모른다. 하지만 나에게는, 저 애의 신호가 보이고 들린다.

텔레비전에서 가수가 꽤 유행했던 노래를 부르고 있었다. 작년, 아니 재작년이었던 것 같다. 별로 좋아하지 않는 가수인 데다 너나나나 불러대는 바람에 관심을 갖지 않은 노래였는데, 문득 그 가사에 사로잡혔다.

친구야, 네가 왜 그랬는지
지금 어떤 마음인지 난 느껴.
무엇이 너를 거기로 내몰았는지
친구야, 말 안 해도 난 알고 있어.
숲은 늪이고 평야는 황야,
보금자리 옆에는 철조망이 있었지.
길은 굴이고 우물은 웅덩이,
견줄수록 이길수록 혼자가 되었지

가사가 슬펐다. 온몸이 저리도록. 곡조도 어두운 편이었다. 그런데 노래만 그렇지 가수의 표정과 몸놀림은 아주 경쾌했다. 카메라가 객석을 훑었을 때, 괴성을 지르며 환호하는 사람들의 표정 역시 즐겁기 짝이 없었다. 그 순간, 뭔가 잘못됐다는 생각이 꿰뚫고 지나갔다. 모두가 그 노래의 내용과 어울리지 않는 듯했다. 노래 속에서 친구의 마음을 느낄 수 있다고 말하는 어떤 이와, 또 그의 말을 듣고 있을 친구한테 모두가 잘못을 저지르고 있는 것 같았다. 막상 그들이 빠져 있는 처지는 외면한 채, 어째서 다들 오직 즐겁고 신나기만 하면 되는지, 그게 얼마나 잔인한 짓인 줄 모르는지, 아니면 알면서 조롱하는 건지 알 수 없었다. 그렇다. 어쩌면 그때 무언가가 시작되었는지 모른다. 다들 괜찮고 당연하다는 것에서 나는 어떤 틈을 보았다. 그런데 그것을 본 순간, 나와 남들 사이에는 또 다른 틈이 생기기 시작했다.

그 노래 가사는 정말 슬펐을까? 나만 그 노래가 슬프다고 고집부리며, 아무래도 당신들이 아니라고 고개를 저었던 건 아닐까?

또 오락기한테 지고 말았다. 없는 돈을 쪼개고 또 쪼개며 눈이 벌겋도록 오락기 앞에 붙어 있었다. 섬에까지 오락기를 날라 온 장사꾼도 장사꾼이지만, 이틀을 못 참고 그 앞에 앉고 마는 녀석도 참 어지간하다. 이건 아닌데, 이러려던 게 아닌데 하면서도 손은 오락기 손잡이를 움켜쥐고 있었다. 없을수록 더 쓰게 되는 게 돈인가 보다. 하지 말아야 할수록 더욱 집착하게 되는 게 오락인가 보다.

솔직히 '아기장수의 계곡'만큼 재미있는 게임도 없다. 지금도 바람에 일렁이는 텐트 천장에서 아기장수가 날아다니고 있다. 마을을 파괴하고 자기 가족을 납치해간 악당들을 찾아 계곡을 헤매는 아기장수가, 순식간에 어디론가 사라졌다가 텐트 출입구의 빛이 새는 곳을 날카롭게 찢으며 날아든다. 아기장수의 겨드랑이에서 펼쳐진 황금빛 날개. 그 날개 끝에서 내뿜어지는 신비로운 빛의 파괴력! 아기장수가 휘두르는 장검이 악당들이 계곡에 풀어놓은 괴물들을 차례로 무찌를 때마다 높아지는 점수. 마침내 천 점을 따면 점수에 일 할의 덤이 붙는다. 하지만 점수는 둘째다. 지하에 있는 악당의 소굴을 찾아내어 격렬한 싸움 끝에 부모님과 동생들을 구출하고, 함께 노예로 살아온 사람들을 해방시켜 지상으로 나왔을 때, 그 장쾌한 음악과 꿈틀대는 화면, 머리칼과 옷자락을 바람에 흩날리며 장검을 짚고 서서 웃음 짓는 아기장수의 모습, 천신만고 끝에 드디어 그의 품으로 뛰어드는 가냘픈 소녀.

경석이가 하도 이 게임 이야기를 하는 바람에 해보고 싶은 마음이 많았다. 자기 집에 가자고 했을 때에도 그 생각부터 났으니까. 그날, 막상 녀석의 방에 들어서 보니 정말 굉장했다. 녀석이 게임 이야기만 나오면 입을 다물지 않는 게 다 이유가 있구나 싶었다. 딴 건 그만두고 오락기와 컴퓨터에다 온갖 게임 팩이며 디스크가 방 안에 그득했으니까…… 이것들? 으응, 아빠가 말만 하면 다 사주셔. 쉬는 시간에는 잘 쉬어야 되니까 뭐든지 하고 싶은 대로 하라고 그러시거든.

경석이가 설명하지 않아도 될 것까지 수선스럽게 설명해주고 난 다음, 드디어 아기장수 게임에 들어갔다. 녀석은 놀라운 점수를 얻으며 한 단계씩 게임의 막바지를 향해 나아갔다. 마침내 기다리던 그 장면이 펼쳐졌다. 눈물을 쏟으며 아기장수를 껴안는 어머니와 누이동생. 자랑스런 아들의 모습에 흡족하게 웃으며 인사를 받는 아버지. '아기장수 만세!'를 외치는 사람들. 장쾌한 음악 속에서 하늘을 한 바퀴 활강한 뒤에 아기장수는 황금빛 날개를 접으며 산꼭대기의 거대한 바위 위에 버티고 선다. 바람에 흩날리는 긴 머리칼과 옷자락…… 집안의 기둥, 나라의 대들보. 단 한 순간도 방황하지 않는, 얼마든지 부활하는 불사의 영웅…… 그때다. 나는 바로 그때 보았다. 화면을 바라보는 경석이의 표정이 좀 이상했다. 이상하다기보다 낯설었다.

아니, 나는 별로 본 게 없는지 모른다. 경석이의 표정은 그리 변하지 않았는지도 모른다. 하지만 옆에 있는 나까지 잊은 채, 점수에는 신경도 쓰지 않고, 화면 속으로 들어갈 듯이, 아주 아기장수가 돼버린 사람처럼 몰두한 그 표정에서, 순간 나는 분명 무언가 느꼈다. 그게 뭘까, 그것을 뭐라고 말해야 할까.

공중전화가 설치된 유리집은 모래밭이 끝나는 어름에, 바다 쪽으로 조금 기울어진 채 서 있다. 달빛이 부서져내려 고물대는 수평선. 유리집 속의 전화기는 그 수평선 바로 위, 유리벽에 얼비치는 별들 사이에 달려 있다. 흑백의 빛깔로, 조금 오래된 인공위성처럼.

해수욕 철을 맞아 임시로 가설한 전화다. 유리집에서 나온 한 가닥 전선이, 아무렇게나 세운 기둥들에 의지하여 여관과 횟집들 앞을 얼마 가다가 등대여관 뒤쪽에 버티고 서 있는 커다란 느티나무에서 사라져버린다. 어쩐지 섬마을에는 어울리지 않을 성싶은, 하여간 집 몇 채만 한 엄청나게 큰 나무다. 전화선이 옆으로 둥글게 퍼진 그 나뭇가지 한 곳에 매인 것까지는 알겠는데 그 다음엔 어디로 갔는지 모르겠다. 그래서 그런지 느티나무가 커다란 안테나처럼 보인다. 외계에까지 소식을 보내고, 어디서 보내는 소식이든 감지하는 버섯 모양의 특수 안테나.

낮에는 그 전화선 속으로 말을 보내고 받을 사람들이 모래밭에 줄지어 서 있곤 한다. 이 외떨어진 섬에 와서까지도 보이지 않는 누군가와 대화하기 위해, 또 전화비를 아끼기 위해, 그들은 수영복 차림으로 뙤약볕 속에서 자기 차례를 기다린다. 그리고 차례가 되면 푹푹 찌는 것도 아랑곳 않고 유리집 문을 처닫고는 한참씩 나오지 않는다. 속에 들어간 사람이 하는 말은 들리지 않아도, 그 모습은 다 보인다. 찡그리거나 웃는 표정, 괜스레 송수화기 줄을 비비 꼬는 손짓, 한 통화를 끝내고는 뒷사람을 흘낏거리며 황급히 다른 번호를 누르고, 너무 벗은 몸을 가리려는, 하지만 그러는 모습까지 보이려는 동작들. 입으로 하는 말과 몸으로 하는 말. 드러난 말과 감춰진 말. 말들로 가득한 세상.

밤이 깊어야 공중전화 근처에 사람이 북적대지 않게 된다. 유리집이 비면 전화선 속에 쏟아부은 말들을 허공에 퍼뜨리던 느티나무 가지들이 비로소 자유로워지는 것 같다. 느티나무는 바람결에 몸을 맡기고, 그 많은 이파리들에 묻어 있는 남의 말들을 털어낸다. 겉은 달라도, 속은 다 같은 말들이다. ……내 말 좀 들어봐. 나를 좀 알아 달라구……

"여보세요…… 누구세요? ……너, 선재구나? 그렇지? 얘 얘, 참, 기가 막혀! 허락도 안 받고 도망치는 사람처럼 집을 나간 애가, 왜 여태 안 오고 사람 놀라게 이 밤중에 전화나 하고 그래? 지금 거기 어디야?"

"……편지 받았지? 섬이라고 그랬잖아."

"편지구 뭐구, 집 떠난 지가 벌써 며칠이니? 학교에서 전화가 왔는데, 너 때문에 자율학습 질서가 깨졌다고 난리더라."

"자율학습은 무슨 자율학습! 자율학습 질서? 내가 그것 땜에 숨이 막혀 죽을 뻔했어. 자율학습은 지금 내가 하고 있는 게……"

"잘났다, 정말 혼자 잘났어. 그리고 너, 경석이네서 무슨 요량 없는 짓 했지? 경석이한테서도 전화가 왔는데, 걔 아주 화가 잔뜩 난 것 같더라. 네가 저를 무시했다고, 따질 게 있다고 그러더라. 너, 걔네 집에 갔을 때 무슨 일 낸 거 아니니?"

"경석이가 그래? 글쎄, 걔가 하는 말은, 걔가 좀 이전 같지 않으니까…… 하여튼 지금은 뭐라고 하기 어려우니 그만둬. 그런데 자형하고는 해결됐나? 이상한 꿈을 꿔서 그래."

"그건…… 어떻게 아니? 언제 알았어?"

"꼭 말해야 아나? 나는 말이야, 누나한테…… 화가 나. 이해가 안 돼."

"뚱딴지같이 네가 그 얘긴 왜 꺼내! 네가 뭘 안다고 그래? 그 사람하고 내가 애를 낳든 말든 넌 상관할 것 없어!"

"누나는 정말, 정말 나를 동생으로 생각한다면……"

"너나 나를 누나로 좀 생각해주라. 지금 방학이라도 남들은 다 과외다 학원이다 새벽부터 한밤중까지 야단인데, 애애, 거기에 너 같은 애 또 있나 한번 살펴봐. 고등학교 3학년인데 공부는 안 하고 바닷가나 헤매고 있는 네 또래 아이가 너 말고 어디 있나 살펴보라구. 네 자형이나 하고, 좌우간 다들 집에 안 들어오기로 짠 모양인데, 나 정말 우리 가족들한테 실망이다. 앞길이 구만리 같은 녀석이 몽땅 다 포기하고…… 여러 말 필요 없어. 너, 편지에다 등대여관 인가 어디로 돈 부쳐달라고 그랬지? 난 몰라. 날 새면 당장 돌아오기나 해! 넌 도대체 지금 네가 어떤 사람이라고 생각하니?"

"누나도 참, 내가 무얼 몽땅 포기했다고 그래? 내가 지금 어떤 사람인지는, 그래 나도 모르겠어. 하지만 그렇게 내 말이라면 무조건……"

"또 되지 않는 말대꾸! 너, 대학 포기한 거 아니니? 대학 포기하면 몽땅 포기한 거 아냐? 다른 사람한테는 눈길도 잘 주지 않으면서, 내가 뭐라고만 하면 발끈해 가지고 쌍심지를 돋운다니까. 너야말로 제발, 이젠 머리가 그만큼 커졌으면 생각 좀 해봐라. 내가 너한테 그른 소리 한 적 있니? 나 아니면 누가 너한테 이런 잔소리라도 해주겠냐? 좌우간 그래서 너, 언제까지 거기 있겠다는 거야?"

"참, 누가 할 소릴…… 나는 포기한 거 없어. 포기할 것도 없고. 그런 거라도 있었으면 좋겠다. 누나는 대학 말고는 할 이야기가 없어? 좌우간 나는 여기가 좋아. 안 좋아도 어쨌든 지금은 돌아갈 수 없어. 동전 다 됐…… (딸깍)"

동전이 다됐어. 그런데 누나는 왜 자기 말을 들으라고만 하는 거지? 자형하고도 그래서 싸우는 거 아냐? 다른 식구들 탓만 하지 말고, 누나 자신을 좀 생각해봐. 인생에 대학만 있나? 누나는 대학 안 나왔는데도 잘 살고 있잖아? 누나야말로 자기 말에 안 따르면 쌍심지를 돋우는데, 그러는 누나는 도대체 왜 그러는데? ……좋아. 입 다물고 있을 테니까 제발 시간 좀 줘. 생각에 무슨 가닥이 잡힐 때까지, 그냥 이 섬에 있도록 좀 해달란 말야.

·8월 4일··

등대여관 간판은 '관' 자 부분이 없어졌다. 바닷바람에 어디로 날려가버렸다. 나머지 글자들도 비스듬히 누워 있는데, 누가 그 석 자만 남은 간판을 가리키며 등대여! 하고 외치는 걸 보았다. 멋진 생각이다. 망가진 말을 순식간에 시詩로 바꾸었다. 부서진 간판 하나도, 정말 보기 나름이다.

여관 관리실에 주인아저씨는 없고 텔레비전만 혼자 떠들고 있었다. 어떤 이가 열변을 토하고 있어 자세히 보니, 교육방송을 타는 바람에 유명해진, 우리 학교 선생님이었다. 자아, 여기에 밑줄 좌악 그으세요. '가치의 상대성,' 바로 이것이 이 단락의 핵심어입니다. 몇 년 전 대입고사에 나왔던 거죠. 3점짜리 문제였습니다. 둘째 단락이 이렇게 가치의 상대성에 관한 내용이라면, 그럼 셋째 단락은 어떤 내용입니까? 네에, 그렇죠. 가치의 절대성에 관한 얘기입니다. 가치의 상대성은 뭐고 절대성은 뭐냐? 가치는 상대적일 수도 있고 절대적일 수도 있지요. 가치에는 상대적 가치와 절대적 가치의 두 종류가 있다고 할 수도 있겠습니다. 우리는 그 두 가지를 잘 알아서, 함부로 절대적이다 상대적이다 단정 짓지 말고 옳은 판단을 할 줄 아는, 그런 사람이 돼야겠습니다. 그건 그렇고, 셋째 단락은 가치의 절대성이라고 했죠? 가치의 절대성! 그 말을 외워두세요. 그러려면 옆에 대문짝만 한 글자로 써놔야 됩니다. 첫자만 따서 외우기 좋게 '가,' '절,' 그렇게 써두면 좋겠어요. 그런데, 이렇게 잘 공부해두었는데, 딴 참고서에는 답이 다르면 어떻게 하느냐? 걱정할 것 없습니다. 그럴 리도 없지만, 의견이 엇갈리는 건 시험에 안 나오니까, 이 선생님만 절대적으로! 믿으세요. 철석같이 믿으시라 이 말입니다. 자, 그럼 다음 문제로 넘어가서, 물음에 대한 확실한 답을 또 골라봅시다……

들으면 들을수록 우스웠다. 전에도 그랬는데, 해수욕장에서 수영 팬티만 걸친 채 듣고 봐서 그런지, 우습다 못해 괴상하기까지 했다. 선생님이 말하는 내용과 하고 있는 행동이 도무지 맞지 않았다. 막상 당신도 자기가 무슨 말을 하고 있는지도 모르는 성싶었다. 상대적인 것에 대해 절대적으로 말하고 있으니, 외우라고 하는 그 말을 자기도 외울 줄밖에 모르는 것 같았다.

어떻게 물음도 정해지고 답마저 정해져 있을 수가 있지? 다른 질문이, 다른 문제가 나오면 어쩌지? 아니, 답을 외우기만 하다가 다른 질문을 받으면 그게 무얼 묻는지나 알 수 있을까? 의견이 엇갈리는 건 시험에 안 나오니 신경 끄라고? 그럼 시험에 나오는 것만 중요하단 말인가? 시험이 전부니까, 그저 시험지 안에서만 살란 말인가? 아무 의문도 품지 말고, 물음표하고는 영영 이별하고 살아가면 된다, 질문은 아예 하지도 말고, 할 줄 몰라도 된단 말인가?

그런 생각을 하고 있는데, 여관 주인아저씨가 언제 왔는지 뒤에서 있었다. 아무 말 없이, 텔레비전 쪽이 아니라 나를 물끄러미 바라보고 있었다. 내가 계면쩍게 웃고 있는 모습을 슬픈 표정으로, 대낮에 술 냄새를 푹푹 풍기면서. 편지가 온 게 있어도 일부러 안 전해줄 사람처럼.

바다 너머로 아무리 눈길을 던져봐야, 보이는 데까지밖에는 보이지 않는다.

지구에서는 달의 한쪽 면만 보인다. 다른 쪽은 영원히 볼 수가 없다.

이쪽을 보면서 저쪽까지 볼 수 없고, 이 섬에 있으면서 학교 교실에 있을 수 없다.

모든 게 선택이다. 무얼 하게 되면, 그동안 할 수 있는 다른 것을 버리는 셈이다. 지금 이런 생각을 하는 것도 선택의 결과이다. 다른 무슨 생각을 하지 않았기 때문에, 지금 나는 이 생각을 하고 있는 것이다. 모든 게 선택의 연속이다. 어쩔 수 없다.

한국신문 독점 특약: 해외 토픽—중국의 타클라마칸 사막 가운데에서, 석유 탐사 단원들이 사방 오 리쯤 되는 오아시스를 발견했다. 그곳에는 이백 명 가량의 사람들이 살고 있었는데, 놀랍게도 청나라 이후의 역사를 모르고 있었다. 적어도 백 년 가까이 외부와 단절된 채, 자기들끼리 자급자족하며 한 가족을 이루고 살아왔던 것이다.

그들과 기념 촬영을 하던 어느 탐사 단원은 이렇게 말했다. 사진기가 뭔지 공해가 뭔지도 모르고, 월급이나 진급 따위도 모르는 이 사람들이, 지금 우리한테 발견된 것이 과연 행운일까요, 불행일까요? 바깥세상을 알게 된 뒤에도 여전히 한 가족으로 평화롭고 정답게 살아갈 수 있을까요?

그날 우리가 아기장수 게임을 끝냈을 때, 경석이 누나가 나타났다.
—얘가 바로 걔구나. 너, 글 잘 쓴다며? 상도 많이 받고.
경석이 누나는 체구가 아주 작고 얼굴빛도 창백했다. 하지만 말이 빠르고 때꾼때꾼하기는 누구 누나하고 비슷했다.
—잘 못 써요. 괜히들 부풀려 가지고……
—그래. 글 같은 거 잘 써봐야 소용없지. 입시 과목이 아니니까.

괴상한 짓 한다고 괜히들 부풀려서, 동물원 원숭이 쳐다보듯이 그럴 거야. 괜히 남들이 어쩐다고, 길 잘못 들면 바보 되지.

경석이가 정색을 하며, 황급히 누나의 말을 막았다.

—아냐. 보통 잘 쓰는 게 아냐. 선생님들도 얘는 시인이나 소설가로 출세할 거라고 했어.

시인이나 소설가로 출세한다…… 처음 듣는 소리였다. 애들이라면 몰라도 선생님이 그랬을 리는 없었다. 경석이는 요즘 들어 부쩍 값비싼 물건을 떠맡기듯 주곤 했다. 그거야 부잣집 아들이라 그러려니 해도, 말까지 그렇게 하니 기분이 나빴다.

—그런데 글솜씨가 어떤지는 몰라도, 둘 다 비슷하게 멍청한 모양이구나. 저 따위 게임에 넋이 빠져 있으니. 저건 틀렸어. 본래 아기장수는 겨드랑이에 신비한 비늘을 갖고 태어나지만, 이기는 게 아니라 져서 비참하게 죽어. 다른 사람도 아니고, 부모가 죽이는 방법을 알려주는 바람에 죽임을 당한다구. 아기장수가 죽으니까 또 아기장수를 태우려던 백마도 죽어버리고. 끔찍한 얘기인데, 우리나라 전설이야.

확신에 차서 똑똑 떨어지는 말들을 따라가기가 어려웠다. 아기장수 이야기는 듣고 보니 전설집에서 읽은 기억이 났지만, 경석이는 아닌 모양이었다.

—그게 무슨 상관이라고 누나는 그런 소리를 해? 전설로 만들었건 어쨌건, 나는 이 게임처럼 재밌고 교훈적인 게 없더라.

염소가 퉁명스레 내뱉었다. 경석이의 별명은 염소, 그것도 '시골

염소'다. 고향이 시골도 아닌데다 희멀건한 피부에 옷까지 잘 입고
다니는데 별명에 '시골' 두 자가 붙어 있었다.

　—너, 왜 째려보고, 말투는 또 그게 뭐니? 잘한다, 손님 앞에서.
인제 너까지 점점 아빠 닮아가는 모양인데, 잊지 마, 너는 내 동생
이야…… 그런데, 교훈적이라구? 교훈적이 뭔데? 넌 게임에서 교
훈 찾니? 식구를 살려내고 주민들을 구출했으니까, 교훈적이다 이
거야? 너다운 말이다. 과연 착한 학생이야. 그런데 애, 말해봐야
내 입만 아프겠지만, 착한 일을 하는데 아기장수가 왜 그렇게 잔인
하니? 착한 사람은 그래도 되는 거야? 어떻게든 이기기만 하면 착
해지고 교훈적이 되는 거야? 그리고, 이 게임에는 악당하고 착한
사람밖에 없는데, 이 세상이 그렇니? 선재야, 네 이름이 선재 맞
지? 이름이 착하게 생겼으니까 네가 한번 대답해봐라. 자기 편 사
람들은 무조건 착하고, 나머지는 모두 악당들이라는 게 그럴듯해?
감동을 주고 교훈을 받을 만큼 사실적이냐구. 정말 그렇게 생각한
다면, 너무 단순하고 순진한 거 아니니? 스무 살이 다 돼 가지고도
어린애처럼 뭘 모르는 거 아냐?

　—또 따지고 있다! 그만하면 선재도 누나가 따지기 좋아하고 덤
비기 잘하는 거 충분히 알았을 테니까, 이젠 그쯤 해둬! 우리가 재
미있게 노는 걸 갖고 꼭 그래야 되겠어? 방해하지 말고 가서 공부
나 해.

　—공부나 하라고? 그래, 난 공부 못하니까 입만 살았다 이거니?
너무 그러지 마셔. 우리집 왕세자님. 난 지금 어마마마 명령을 받잡

고 왔어. 과외 선생님 왔으니까 너는 아빠 서재에 가서 공부하고, 나더러 선재하고 대신 놀라고 하셨어.

—과외 선생님? 맞다, 이번 주부터 요일을 바꾸겠다고 하셨지. 깜빡했네.

—어머니도 모르고 계시던데? 망설이다가 나를 보내셨어. 간신히 모신 족집게 선생을 한 번이라도 그냥 보낼 수는 없으니까, 네가 좀 가서 보내라 그 말씀이지. 나야 공부 안 해도 되니까 말야.

입장이 좀 난처해진 것 같아서 경석이 쪽으로 고개를 돌렸다. 경석이는 의외로 아무렇지도 않은 표정으로 마주보았다. 그리고 당연한 얘기를 통고하듯이 말했다.

—선재야. 나, 가서 공부하고 올 테니까 누나하고 놀고 있어라.

뭐라고 대꾸할 여유도 주지 않고, 경석이는 책을 챙겨 들며 곧장 방을 나가려고 했다. 아주 간단했다. 나는 일어서며 말했다.

—나, 집에 갈까 봐.

—안 돼! 자고 가기로 했잖아.

—언제? 난 그런 적 없는데…… 어쨌든 나중에 또 오지 뭐.

—안 돼! 아버지를 뵈어야지. 아버지께 다 말씀드려놨단 말야.

경석이가 아래층으로 휭하니 내려가버렸다. 무엇을 말씀드려놨다는 것인지 알 수 없었다. 문득, 집에서의 경석이가 학교에서의 경석이하고 너무도 다르다는 생각이 들었다. 왠지 경석이 누나의 얼굴을 마주볼 수가 없었다.

—그럼 가야지. 아암. 우리 착한 경석이, 친구가 왔거나 말았거

나, 말을 잘 들어야지. 과외비가 한 시간에 얼만데, 놀지 말고 열심히 해야지. 안 그러면 아빠한테 경을 칠 테니까. 그런데 선재야, 너는 성적이 노상 1,2등이라면서? 나도 입시생이야. 직업이 삼수三修라구. 그런데 나는 성적이 형편없으니 어떻게 같이 놀지?

—경석이가 그래요? 아녜요. 1, 2등이 아니고, 그저 그렇게 해요. 정말이에요.

—잘한다던데? 경석이가 집에서 네 얘기를 이만저만 하는 게 아니다. 네가 그렇게 경석이를 위해준다면서? 일생 동안 둘 다 성공할 때까지 서로 돕자고 했다면서? 둘이 연애하는 것 같더라. 성공 못하면 같이 섬에 가서 살기로 했다는 걸 보면.

—아니, 그게 아니고, 성공이라니 무슨…… 섬은 그냥 내가 가고 싶다고 한 건데……

방 안에 그득한 게임 디스크며 잡지, 만화책, 오디오, 외국 영화배우 사진이 담긴 커다란 액자 따위가 갑자기 차갑게 얼어붙는 기분이었다. 넓은 방 안의 모든 것이 빛바랜 사진 속의 풍경, 그것도 초점이 맞지 않는 풍경 같았다. 그것들이, 그 주인이 한없이 낯설었다. 경석이가 왜 자기 집에 가자고 그렇게 졸랐던 것인지, 가슴이 울렁거려 생각이 떠오르지 않았다.

처음에는 경석이가 범인 같았다. 그러다가 어느 순간, 경석이는 피해자 같았다.

조금 전 라디오에서 들었던 곡의 제목을 알고 싶다. 더 크게 들었으면 좋겠는데, 소리가 별로 커지지 않았다. 라디오의 전지까지 다 돼가고 있다.

그 음악을 듣다 보니 어느새 깊은 곳으로 이끌려갔다. 깊은 곳으로 이끌려갔다? 어쩐지 어울리지 않는 표현이다. 편안하고 그윽한 곳으로 가라앉았다고 하는 게 맞을까?

말로 표현하기는 어렵지만 그 음악은 어떤 넓은 곳을, 아니 어떤 강물 같은 흐름을 펼쳐주었다. 그게 몸으로 느껴졌다. 저녁을 안 먹어서, 속이 비고 기운이 빠져서, 기온이 좀 서늘해져서 더 그런지도 몰랐다.

바이올린 소리가 튀어오르며 뭐라고 했다. 다른 소리들과 엉겨 있으면서 선명하게, 모호한데도 힘 있게…… 슬프고, 부드럽고, 어느 때는 격렬하게 화를 내고…… 음악은 어쩌면 그렇게 마음을 파고들까. 마음속에서 메아리칠까…… 세상에는 참 세상이 많다. 세상 속에는 참 여러 세상이 들어 있다. 이 8월의 섬도, 섬의 해수욕장도, 해수욕장의 내 텐트도, 텐트 속에 있는 나의 마음까지도 그 세상들 속의 세상이다. 언제까지 이 세상들에 머물러 있게 될까?

"저어…… 선재인데요. 윤수 있습니까?"

"선재? 으응, 나 윤수 에미다. 너, 내가 저번에 윤수하고는 통 연락 끊으라고 했었는데, 이 밤중에 웬일이냐? 윤수 집에 없다. 공부하러 갔어."

"……죄송합니다. 어디로 갔는지 전화번호라도 알려주시면……

약속한 게 있거든요."

"알려줄 수 없다. 알려줘도 소용없을 테지만. 윤수를 찾지 말라니까 왜 말 안 듣니? 걔는 너하고 입장이 다른 애 아니니?"

"입장이야 뭐 저도…… 우리는 친군걸요."

"글쎄, 친구도 다 자기 잘되고 나서 하는 얘기다. 배가 불러야 따지는 거란 말이다. 우리 윤수는 지금 공부가 급하지 친구가 급하질 않아. 걔 때문에 온 집안이 초상집처럼 돼버렸어. 그러니 너, 정말 전화도 해선 안 돼. 그게 우리를 도와주는 일이야. 말이 나왔으니 하는 말인데, 그 합격 기원의 밤인가 뭔가 하는 행사를 망쳐놓고 학교에서 쫓겨난 뒤로, 이제까지 몇 달 동안 윤수가 너하고 붙어 다니며 얻은 게 뭐니? 혹시라도 윤수 성미를 건드릴까 봐 내가 암말 않고 두고 보았다만, 너희처럼 철없고 태평스럽기가 한이 없는 애들은 처음 봤다. 얘, 입시 공부를 해야 될 아이들이 전람회, 강연회가 뭐며 시집 나부랭이 끼고 다닐 시간이 어디 있니? 그래 가지고 나중에 뭐 해먹고 살겠어? 자기들이 어떤 지경에 빠져 있는지, 몰라도 그토록 모를 수가 있단 말이냐. 그러면서 너는 학교라도 다녔지, 우리 윤수는 건달 노릇만 했으니 정말 한심한 꼴이지 뭐냐.

휴우. 다 지난 일이니 자꾸 곱씹어봐야 소용없고…… 어쨌든 내가 다시 한 번 다짐하겠는데, 우리 윤수, 대학 들어갈 때까지는 만날 생각 마라. 윤수는 윤수대로 살 테니까 네 마음대로 끌고 가진 말란 말이다. 저번에 학교 행사를 망칠 때, 너도 그 자리에 있었다면서? 너하고 함께 그런 것 아니니? 학교가 경쟁을 부추기느니 어쩌느니 했다던데, 그게 혹시 윤수 말이 아니라 네 입에서 나온 말 아니냐구. 우리 윤수가 어떤 애라고 너 자꾸 그러니? 빠질 것 없는 집안의 삼대독자다. 내가 이렇게까지 말하고 싶지는 않았다만, 네가 전화를 해대니까…… 그런데 너, 지금 이 전화 공중전화니? 집에서 거는 거 아냐? 이 시간에 집에 안 있고 어디서 뭘 하니? 괜스레 길에서 헤매지 말고, 어서 집에 들어가거라, 응? 세상에 집처럼 좋은 데가 어디 있다고 그래. 어서 어른 말씀을 들어. 알겠지? 선재 너, 지금 내 말 듣고 있니? ……여보세요? ……"

내 입에서 나오는 말은 파리의 날갯짓보다 못하다. 파리의 몸뚱어리를 움직일 힘마저 없다. 천 갈래 만 갈래 느티나무 가지가 아무리 힘껏 허공에 쏘아 올려주어도, 이 섬을 벗어나지 못한다. 느티나무 가지가 너무 많다. 아니 전파가 너무 약하다. 말은 다만 말하고 있음을 말할 뿐이다. 이 작은 섬의 쥐구멍 같은 텐트 속도 밝히지 못하는 저 무수한 하늘의 별처럼, 다만 거기 있음을 보여주기 위해 빛나고 있을 뿐이다.

그렇다. 전화선 저쪽에서 들려온 말들은 정말 확실하고 분명했다. 드넓은 모래밭을 이 끝에서 저 끝까지 달려봐도, 여전히 그 자리에서 꼼짝 않는 저 달처럼, 요지부동이다. 요지부동이면 다 옳은가? 이상하고 낯선 사람들밖에 없는, 아니 아예 사람이 들어 있지 않은 듯한, 저 차갑고 창백한 말들. 어떻게 상대방을, 아니 당신의 자식까지 그토록 함부로 단정하고 무시할 수 있을까. 무얼 그렇게 잘못했다고, 저번에 전화 걸었을 때보다도 더 심하게, 그토록 확신에 차서, 과연 무엇을 위해, 미워하는 걸까. 일그러진 얼굴로, 강요하는 걸까.

그렇다. 이 몸뚱어리는 혼자다. 실력이 없고, 할 줄 아는 게 별로 없다. 집도 없다면 없다. 먹을 것마저 라면 두 봉지밖에 남아 있질 않다. 게다가 당신 말마따나 괜스레, 괜스레 헤매고 있다. 하지만 아무도 억누르거나 상처를 준 적은 없다. 그저 잘되기를 바라고, 이야기를 나누며…… 딴 말이 생각나지 않으니, 좀 우습지만…… 숨을 쉬고 싶었다.

모든 몸뚱어리는 숨을 쉬는데, 체온이 따뜻한 이상 서로 부비며 살고 싶어 하는데…… 어머니가 살아 계셨다면, 저런 어머니가 되었을까……? 하여튼 이젠, 고아라고 해도 동정할 사람이 없다. 그럴 나이가 돼버렸다.

˙8월 5일˙˙

여전히 검은 밥상에 수저가 네 벌 놓여 있었다. 옆에는 역시 누나의 아기가 숨겨 있고. 그런데 자세히 보니, 그 아기는 꽤 자라 있었다. 입술을 빨갛게 칠한 누나가 남의 말 하듯이 떠들었다. 처음부터 원치 않았던 아기다, 어쩌다 임신이 됐는데, 아기가 순식간에 저렇게 자랄 줄 몰랐다, 겨드랑이에 비늘이 있으니 보통 애가 아니지만, 때를 잘못 타고났으니, 나중에 장수가 되더라도 지금은, 아직 가게도 자리를 못 잡았고 집도 장만하지 못했으니까…… 나는 말하려고 했다. 입을 움직여 누나의 말을 중단시키려고 했다. 누나, 그러면 안 돼. 누구보다 내가 누나를 잘 알아. 그러니 말을 해야 해. 누나, 돈이 먼저가 아냐. 누나 뱃속에 있다고 누나 마음대로 하면 안돼. 그건 폭력이고, 이기주의야…… 그러나 내 입에서 나온 것은 비명이나 외침, 뭐 그런 것이었다. 내 소리에 내가 놀라 깨어 보니, 온몸이 땀에 젖고 텐트 안이 너무 더웠다.

옆에 새로 텐트를 친 아저씨는 배가 잔뜩 튀어나왔다. 두꺼비 같은 손하며 무얼 가득 문 듯이 볼까지 튀어나온 게, 욕심이 드레드레해 보였다. 이 야영장 땅을 사두라고 했던 것처럼, 자리를 침범하기는커녕 텐트 안을 들여다보기라도 하면 자기 가족한테 큰일 날듯이, 수건으로 창을 가린다 끈으로 울타리를 친다 야단을 피웠다. 게다가 냄새를 풍기며 고기를 구워 씹어대거나, 벌거벗은 채 아무렇게나 누워 잠들곤 했다. 가족들이 물놀이 갈 때 자기만 혼자 남아 있는 것도, 아마 텐트 속의 물건들을 지키느라 그럴 것이다. 값진 물건들을 잔뜩 날라다가 감추듯이 들여놓는 걸 봤다.

어쩌다 저렇게 되었을까? 저 사람은 자기가 지금 어떤 모습인지 알고 있을까? 세월이 지나면, 자기는 오로지 가족을 위해 희생한 사람이라고 주장할 것이다. '가족을 위한 희생'이라는 착각 혹은 위로. 이것이 바로 '자기'라는 게 없는 어른들의 표지이다.

수염을 계속 그냥 놔둘까? 얼마만 더 자라면 제법 수염다워질 텐데. 하긴 면도기가 없으니 곧 그렇게 될 게 틀림없다.

색안경을 낀 데다 수염까지 잔뜩 기르고 나서면 정말 우리 누나라도 몰라볼 것이다. 담임선생님이 보시면 완전히 돌아버렸다고 할 거다. 이대로 학교에 가면, 윤수처럼 학교를 그만두게 될지도 모른다. 아니 그러기 전에, 먼저 누구한테든 붙잡혀가서 강제로 깎이거나 깎지 않으면 안 되게끔 된통 혼나겠지.

수염 좀 기르는 게 그토록 엄청난 잘못일까? 머리털처럼 자라는 걸 그대로 둘 뿐이고, 남한테 크게 혐오감을 주지도 않는데, 그걸 그렇게 엄청난 잘못으로, 조직적으로 몰매를 때리는 까닭이 무얼까? 폭력 공화국.

길에서 수염 기른 사람을 별로 본 적이 없다. 수염을 기르려면 어디서나 쫓겨날 각오를 해야 되기 때문이다. 거대한 그물이 하늘을 뒤덮고, 엄청나게 높은 만리장성이 땅을 갈라놓고 있기 때문이다. 우물 안의 개구리처럼 바깥을 모른 채 살다 보니, 다들 그 그물과 만리장성 안쪽밖에 모르게 돼버렸다. 개구리 공화국. 수염 금지 공화국.

중국 땅에 만리장성을 쌓았던 사람들, 그걸 지키려고 목숨까지 바친 사람들은 상상도 하지 못했을 것이다. 지금 와서 그게 한낱 관광 상품에 지나지 않게 될 줄은.

저 쓰레기! 먹다 버린 고기 조각, 과일 껍데기, 깡통, 휴지……

186

이 섬, 수억 년 동안 깨끗했던 이 섬을, 이번 여름 동안 단번에 망치기로 작정한 듯이…… 더러운 쓰레기들! 썩은 국물이 흐르는, 악취가 진동하는, 파리 떼가 새카맣게 꾀는…… 쓰레기들! 둔하고, 고집 세고, 염치없고, 마비된…… 마비된 줄도 모르는……

점심을 굶었는데, 느낌이 없다. 지난겨울 눈 오는 날, 한 끼를 굶으면 무슨 씁쓰레한 액체 같은 것이 뱃속 가득히 차올라 충만해지던, 그러면서도 온몸이 가볍고 생생해지던 그 느낌이 돌아오지 않는다.

건전지를 갈지 않아서 라디오 소리가 자꾸 죽어간다. 마음에 드는 음악도 나오지 않고.

건드리지도 않았는데 콧등에서 피하고 고름이 흐른다. 상처가 곪아 터진 것이다. 거울이 없어도 콧등에 속살이 뻘겋게 드러난 모습이 훤히 보인다. 불쌍한가? 불행한 얼굴인가? ……아니다, 그런 건 문제가 아니다.

등대여관 집 딸이 데리고 다니는 개는 개답지가 않다. 짖거나 대드는 걸 못 봤다. 끈에 묶이지도 않았는데 주인 발치를 안 떠나고 그림자처럼 움직인다. 인형이나 로봇처럼.

개 주인은 오늘도 물에 들어가지 않았다. 노상 하던 대로 수영복 위에 울긋불긋한 수건을 걸친 채 느릿느릿 물가를 따라 걸었다.

텐트를 걷고 있던 축들이 개와 개 주인을 가리키며 숙덕거렸다.

그걸 아는지 모르는지 앞만 보고 가다가, 개 주인이 불쑥 이쪽으로 몸을 틀어 텐트들 사이로 들어섰다. 개가 허겁지겁 뒤따라왔다. 그리고 주인이 웬일로 여기서 멈추나 하고 빤히 올려다보았다. 하루에도 몇 번씩 리본이 바뀌 달린 그 머리통이 자세히 보였다. 아주 말끔히 빗질되어 있었다.

개 주인이 무슨 말을 하려다가 말았다. 가까이 보니 생각보다 몸집이 가냘프고, 손에 무엇을 쥐고 있었다. 그래, 등대여관으로 뭐가 온 거야!

작고 가느다란 손가락이 쥔 것을 계속 만지작거리고 있었다. 저건 신호야. 먼저 입을 열어야 돼.

"편지니? ……내 편지?"

대답이 없었다. 편지가 틀림없는데, 그저 조물락거리고만 있었다.

"김선재 앞으로 왔으면 이리 줘. 너희 집이 내 연락처거든."

"……어제는 왜 안 왔어? ……물 가지러."

"물? ……으응, 먹던 게 남아서."

"남은 건 더러워. 물밖에 안 먹으면서……"

오늘 아침은 조금 먹었지만 그 말을 할 필요는 없을 것 같았다. 문득, 쟤는 그걸 알고 있을 거다, 알면서 저러는 거다, 쟤는 경석이하고 닮았다는 생각이 들었다. 이 섬에도 경석이가 있다니, 한숨이 나왔다. 아무튼 또 신호를 보낸 셈이니까, 이쪽에서도 신호를 해주어야 했다.

"물에 좀 들어가지 그러니? 수영복까지 입었는데."

하지만 손으로 편지를 만지작거리며, 발가락으로는 모래 바닥을 후비고 서 있기만 했다. 발톱마다 빨갛게 칠해져 있었다. 투명한 비닐 같은 것이, 쟤를 뒤덮고 있어. 공연한 말을 해 가지고 그걸 들썩거린 건 아닐까?

"너는, 너는 어째 요새 텐트에서 안 나오니? 더운데 틀어박혀서…… 거지처럼."

개가 씻지 않고 팽개쳐둔 냄비를 핥고 있었다. 무어라 대꾸할 말이 떠오르지 않았다. 그 애를 뒤덮었던 비닐이 내 쪽으로 날아온 것 같았다. 가슴이 답답했다. 쟤는 경석이하곤 다른지 몰라. 제가 무얼 하고 있는지 알고 있어. 내가 무얼 하는지도 아는 것 같아.

"태풍 오는 거, 모르지? ……인제 어떡할 거니?"

생각보다 나이를 먹은 성싶은 애다. 여전히 대답할 말이 없다. 아, 저 편지는 오늘 도착한 게 아닐 거다. 속도 훔쳐봤을 거다. 그런데 태풍이라니? 어디 먼 바다에서 태풍이 일어났구나. 태풍이 여기 닥치면, 내 텐트 따위야 흔적도 없이 날아가버릴 텐데.

개가 냄비를 엎었다. 국물을 뒤집어썼다. 그러니 비로소 개 같아 보였다. 안 돼! 더러워! 주인이 기겁을 하며 소리치니까 개가 깜짝 놀라 여관 쪽으로 달려가버렸다. 개 주인도 황급히 뒤쫓아 갔다.

꼬깃꼬깃한 봉투가 발치에 떨어져 있었다.

선재에게

선재야, 약속을 지키지 못해 미안하다. 너를 뒤따라 가기는커녕 편지마저 이제야 보내니 할 말이 없다.

네가 기다리다 지쳐서 벌써 섬을 떠나버렸을지도 모르겠고, 관광 안내 책만 믿고 연락처로 정했다는 그 등대여관이 없어져서 전해주지 못할지도 모르겠지만, 그래도 이렇게 편지를 쓴다. 정말 미안하고, 너한테 꼭 할 말이 있어서 그런다.

내가 나타나지 않아 연락이 안 되었나 했겠지? 우리가 비상 연락 장소로 정한 거기에 네가 둔 편지는 잘 받았다. 그 편지에다 너는, 꼭 그 섬으로 와달라고 그랬지. 누구든 원하면 함께 있어주기로 한 우리의 약속대로, 나는 따라갔어야 했다. 네가 나 때문에 늘 걱정해 온 걸 잘 알고 있는데, 뭔가 커다란 것에 단단히 충격을 받아, 왠지 이번에는 내가 너를 걱정해야 할 것 같은 느낌이 강하게 들었다. 그러나 나는 즉시 떠나지 못했다.

학교를 그만두었기에(남들이야 쫓겨났다고 하지만) 내가 얼마나 지독한 불효자가 돼버렸는지, 너는 잘 알고 있다. 근래 들어서는, 저번에 네가 나하고 통화를 못한 채 편지만 남기고 떠나던 날처럼, 너더러 우리 집에 전화도 걸지 말라고 할 정도로 부모님의 신경이 날카로워진 판이었다. 나는 학교 울타리에 부딪혀 상처를 많이 입었지. 그래서 학교 밖에서 새로운 생활을 찾으려 했지만, 당신들은 나를 오로지 불효자요 패배자로만 보셨기 때문이다. 내가 너의 섬으로 선뜻 떠나지 못하고 슬금슬금 준비만 하고 있을 때, 두 분은 아무 말씀 없이 나를 차에 태웠다. 무슨 눈치를 채신 것 같았다.

그날 나는 서울에서 한나절 거리에 있는, '대망 아카데미'라는 이 이상한 학원에 넣어졌다. 차 속에서 두 분은 귀에 못이 박이도록 되풀이하셨다. 제발 시키는 대로만 해라. 공부 잘 시켜주는 데니까 제발 시키는 대로 따라서만 해라. 그러면 고등학교 졸업 자격을 얻는 건 물론이고 좋은 대학도 갈 수 있다. 법과대학은 가지 않아도 좋다. 네가 가고픈 데로, 좌우간 대학만 들어가다오.

나는 따를 수밖에 없었다. 세상에는 한 가지 길만 있는 게 아니다, 어쩌면 바로 여기서 새로운 기회를 얻을 수 있을지도 모른다는 기대까지 다소 가졌다. 그러나 하루가 지나지 않아 '혹시'는 '역시'로, 기대는 무참한 실망으로 변했다. 역시 똑같은 길, 아니 더 지독한 길이었다.

지금 나는 '아카데미'라는 어이없는 간판이 달려 있는 감옥에 갇혀 있는 거나 다름없다. 마을에서 멀리 떨어진 산속에 자리 잡은 이 건물 안에서 새벽 6시부터 밤 12시까지, 사육되는 짐승처럼 지시에 따라 먹고, 강의 듣고, 외우고, 시험을 보며, 그 결과에 따라 칭찬을 듣거나 벌을 받는다. 버젓이 '스파르타식 교육'을 내세우는 곳이니 무슨 말을 해봐야 소용없고, 사실 할 말도 별로 없다. 오로지 적중률 높은 문제의 유형을 익히고 그것에 답하는 방법을 훈련할 따름이다. 정말 놀라운 곳이다. 군대도 이런 군대가 없을 거다. 담당자의 허락 없이는 전화도 걸 수 없으니까. (이 편지도 식당 아줌마한테 부탁해서 몰래 부치려고 한다.)

나는 결심했다. 여기를 나가겠다. 공부가 소중하다지만, 내가 원치 않는 생활을 하면서, 내가 바라는 경험하고는 너무도 거리가 먼 잡동사니들을 암기해대는 이런 공부가, 도대체 무슨 소용인지 모르겠다. 이 세상에 배울 것과 배우는 방법이 이런 것밖에 없지는 않을 터이다. 정말 이런 것밖에 없다면, 나는 차라리 공부라는 걸 하지 않겠다. 계속 이런 식으로 살아야 한다면, 어쩌면 미쳐버리고 말 거다.

학교를 그만두었는데 학원까지 그만두면 불효도 여간 불효가 아니겠지. 하지만 이젠 마음을 정했다. 나는 '미래의 영광을 위해 오늘을 참는 대망 아카데미 사람,' 그러니까 아버지와 어머니께서 내가 되기를 바라는 그 사람한테 관심이 없다. 그 사람이 과연 어떤 사람인가를 두 분도 잘 모르는 게 아닌가 싶은데, 어떻든 나는 더 이상 그 사람에게 관심을 두지 않겠다. 나, 박윤수라는 사람 자체에 대해, 실은 그분들께서도 별로 관심을 두지 않듯이 말이다.

말로는 다 표현하지 못하겠다. 어쨌든 이젠 여기를 떠나야겠고, 그 행동으로써 내 뜻을 밝혀야겠다. 나는 무슨 거창한 '미래의 영광' 따위를 바라지 않는다. 그저 나와 말이 통하는 사람들과 만나 함께 지내고 싶다. 느끼고 생각한 대로 말하는, 솔직하고 소박한 사람들. 오직 더 갖고 남을 이기는 데만 사로잡혀 있지 않은, 자기의 삶을 남에게 강요하지 않는 사람들. 그런 사람들을 이해하며 그들에게 이해받고 싶다. 내가 하고 싶은 일을 하며 배우고 싶은 것을 익히고 싶다. 그게 무엇인지 지금은 잘 모르겠으나, 우연이 모일만큼 모이면 필연이 될 것이다. 남과 어울리며 배우다가 하루가 저물면, 흡족한 피곤에 젖어 깊은 잠에 빠질 것이다. 아아, 이런 소망을 추구하는 일이 어째 이리도 용기를 필요로 하는지, 정말 답답하다.

선재야. 견딜 수 없다, 꼭 와달라, 그런 말을 거듭 휘갈겨 쓴 너의 편지를 보는 순간, 어디가 되든 따라가야 한다, 선재한테 무슨 일이 일어났다, 선재는 지금 내가 필요하다! ― 속으로 그렇게 외쳤다. 그러나 이제 내가 이곳을 나가더라도, 너한테로 가게 될 것 같지는 않다. 전부터 생각했던 곳이 있다. 나는 거기로 가야 한다. 내 속의 목소리가 지금은 그것을 외치고 있다.

선재야, 너는 항상 내 편이었지. 그러니 이번에도 내 행동에 동의해주리라 믿는다. 약속도 지키지 못하고서 멋대로 그런 생각을 하게 된다. 하여간 나는 내 길로 갈 테니까, 너는 네 생각대로 해라. 어차피 우리들의 약속은 당분간 지켜지기 어려울 것 같다.

밤이 깊다. 감독 선생이 저쪽에서 조는 아이를 닦달하고는 이쪽으로 오고 있다. 그러니 닦달당해 마땅한 '엉뚱한 짓'은 그만둬야겠다. 이곳을 떠나서, 그때 다시 연락하겠다. 안녕히.

―윤수가

8월 6일..

사람들이 섬을 떠나고 있다. 이 섬이 곧 바다 속에 가라앉기라도 할 것처럼 허둥지둥 빠져나가고 있다. 그들을 데려가려고 육지에서 몰려온 갖가지 배들로 선착장이 북새통을 이뤘다.

장사꾼들은 아예 이참에 여름 장사를 끝낼 모양이다. 임시 건물을 헐고 갖가지 도구들을 실어내기에 바쁘다. 야영장도 어느새 텅 비었다. 밤마다 춤을 추는 패들까지 텐트를 걷고 있다.

춤은 참말이지 이상한 힘을 지니고 있다. 출 줄도 모르면서 어쩌다 끌려들어갔는데, 어젯밤에는 완전히 빠져버렸다. 모닥불을 수없이 돌며, 땀범벅이 되어 낯선 사람들과 뒤얽혀서. 그러고 보니 나는 춤에 대해 너무 모르고 있었다. 그냥 춤이란 위험하거나 타락한 것으로 치부했었다. 그렇다. 몸과 마음, 생각과 행동을 하나로 만드는 그런 힘 때문에, 그 힘이 두려운 사람들이, 춤을 멀리하도록 가르쳤던 것이다.

어젯밤에 내 손을 잡아끌었던 그 청년이 누굴까? 크고 거칠고 억세었던 손. 일을 많이 한 손이었다. 그에 비하면 내 손은 아기손이다. 그 손 임자한테 감사해야 한다. 사과까지 해야 할지도 모른다. 그들이 밤마다 온 야영장을 들쑤시며 소란을 떤다고, 노는 게 거칠고 무식하다고 못마땅해 했으니까.

……태풍 오는 거 모르지? 인제 어떡할 거니? 너는 어디로 갈 거니?

기온이 떨어지고, 벌써 스산한 바람이 인다. 텅 빈 모랫벌을 보고 있으니, 기억이 다시 고개를 든다.

─경석이 쟤, 덩치만 커다랗지 도대체 제 주견이 없어. 아버지 탓이야. 아버지가 다 그렇게 만들었다구. 선재 너, 우리 아바마마 만날 거지? 어디 한번 임금님의 훈시를 두어 시간 들어보렴. 그러면 내가 무슨 말을 하는지 얼른 알게 될 테니까. 우리 집은 우리 아버지가 다스리는 성城이야 성!

나? 보면 모르겠니? 나는 아버지하고 싸우다가 새카맣게 타버렸어. 아빠 때문에 키가 안 컸다면 말 다했지. 못 믿겠지? 그래, 너는 아마 우리 아버지 같은 아버지가 없으니까 잘 모를 거야.

어쨌든 이젠 임금님께서도 포기하셨어. 아니 포기했다기보다 본래 상태로 돌아갔지. 나는 머리가 나쁜데다가 딸이고, 원래 우리 아버지한테 딸은 있으나 마나 한 존재거든. 거의 끝났어. 다음 입학시험만 지나면 돼. 마지막으로 아버지의 체면을 위해 한 번 더 시험을 보는 척은 해야 되니까.

나는 독립할 거야. 무슨 일이든 해 가지고 생활비를 벌며 내가 할 일, 하고 싶은 일을 찾아볼 테야. 아직 확실히 정하진 못했지만, 어쨌든 그렇고 그런 국화빵은 되지 말아야지…… 그런데 말이지, 그때 가서 아버지가, 집안 체면 안 서서 못 살겠으니 이민이라도 가야겠다고 작년처럼 그러시다가, 그럼 너라도 먼저 눈앞에서 사라져라 하고 외국으로 보내면, 나는 못 이기는 척하며 추방될 거야. 미국 같은 데 가 보면 또 무슨 수가 생길지 아니? 말이 생활비지 정말 내 손으로 번다고 생각하면 아찔하거든. 아무래도 아버지 말 안 듣다가, 말 안 듣는 것 말고는 자신이 없어졌나 봐. 어차피 딸자식, 없

는 셈치고 진짜 그러실지도 몰라. 선재 너도 경석이 친구니까 만나
려는 거지, 내 친구였다면 어림도 없어. 내 목숨을 구해준 애라도
한번 흘낏 보고는 그만일 거다.

네가 왜 우리 아버지를 만나느냐구? 글쎄…… 만나야 한다기보
다, 이왕 온 김에, 아니 우리 아버지하고 경석이가 너를…… 그게
아니라, 네가 인사드리러 오겠다고 하지 않았었니? ……하지 않았
다구? 이상하다. 내가 알기로는…… 어쨌든 그냥 뵙게 돼서 뵈면
그만 아니니?

경석이하고 친하지 않다구? 친하지 않은데 경석이가 자꾸……
그래서 불편하니까, 지금 우리 집에서 나가겠다, 그 말이야? ……
그게 무슨 소리니? 경석이는 너하고 정말 좋은 얘기도 많이 나누
고, 네가 살았던 고아원에 가서 봉사 활동하느라 밤늦게 들어오기
도 하고, 나한테까지 돈을 꾸어다가 너를 돕고…… 아니니? 그런
적 없니? 고아원에 산 적도 없고…… 어머머, 정말 놀라 자빠지겠
네. 애가 왜 그랬을까. 어째서 그랬을까. 그러고도 너를 집에, 아버
지께 데려왔단 말야?

"너, 우리 집 앞에서 오래 살면서, 끄윽, 물도 갖다 먹고, 이젠
이렇게 편지까지 오는구나. 남들 다 떠나는데 남아서, 그렇게 기다
리니까, 정말 편지 하나가, 왔구나. 자알 됐다. 우리 집, 태풍도 불
고 하니, 우리 등대여관에서 아, 아주 살아라.

아, 안 돼! 아직 못 줘! 약속을 해야지. 내가 좀 취했지, 정신이

나간 건 아냐…… 휴우. 그래, 약속은 꽤, 괜한 소리고, 나한테 뭣 좀 가르쳐주라. 내가 가만히 보니까, 넌 말이지, 꺼억, 가출한 거 같지만, 나쁜 짓 안 하고, 좌우간 제 발로 서, 서 있는 거 같아서 하는 말인데…… 야, 우리 집 애, 있잖아, 개하고 사는 놈. 쟤가 왜 저러냐? 너도 우리 애처럼, 며칠이 가도 말 한마디 아, 않고 사는 거 같던데, 넌 좀 알 거 아니냐?

휴우. 난 말야. 아내하고는 헤어졌지만, 딸하고는 헤어지고 싶지 않어. 저걸 에미한테서 뺏다시피 데려왔는데, 딸꾹, 도대체 정을 안 줘. 주지도 못하겠어. 안 받으니까! 온갖 거 다 해주고, 공부만 잘 하라고 그래도, 공부? 공부가 다 뭐야. 학교 가기도 싫다는데. 다 아 싫고, 재미없고, 멋부리는 거하고 개만 좋다는 거야. 끄윽, 저런 애는 어떻게 해야 되냐? 정말 억장이 무너져 못 살겠다.

너, 우리 애한테 한번, 이 아비 맘을 좀, 얘기라도 해주겠냐? 너한테 관심이 좀 있어 뵈던데, 나하고는, 도대체 대화가 안 된다. 애비 에미가 원망스러우면 원망스럽다, 공부가 자신 없으면 없다, 도대체 사람답게 오손도손 무슨 말, 말을 해야 말이지. ……약속하지? 말을 해, 해줄 거지? ……그래, 미안하다. 편지 여기 있다……"

선재에게

낯선 대합실에서 쓴다. 선재야. 어젯밤 학원에서 나왔다. 거기서 사람 사는 마을까지 홀로 터벅터벅 걸으며, 별이 그렇게 많고 찬란

한 줄 처음 알았다. 정말 너무도 하늘을 바라보지 않고 살았다.

어젯밤 나는 은하계를 떠도는 운석 조각 같기도 했고, 잃었던 날개를 되찾은 천사 같기도 하였다. 그러나 야간열차에서 몇 시간 흔들린 뒤 기차를 갈아타기 위해 이 역에 내려, 대충 세수하고 싸구려 국수로 아침을 때운 지금, 어젯밤의 그 별들은 사라져버렸다. 지금 내게 확실한 것은, '두레학교'로 가는 한 장의 차표와, 어떤 경계를 넘었다는 느낌뿐이다.

그 학교는 자유롭다고 들었다. 모두가 서로 존중하고, 이해하고, 기다려준다는 신문기사도 읽은 적이 있다. 나는 그 학교가 내가 알고 있는 수용소나 경마장 같은 학교들하고는 다를 것으로 믿는다. 그 학교는 오전에는 교실에서 공부하고, 오후에는 농사를 짓거나 운동을 한다는데, 이제 몸을 좀 써보게 생겼다. 그동안은, 너무 머리만 썼다. 어쩐지 거기 살다보면, 나는 더듬지 않게 될 것 같다. 지금 나의 행선지는 그곳이다. 그 다음 행선지가 어디냐고 물으면 곤란하다. 모르기 때문이다.

선재야. 아마 너도 지금쯤 그 섬을 떠났겠지. 나를 기다릴 필요가 없기도 하지만, 너를 괴롭혔던 문제를 지금쯤은 해결했을 테니 말이다. 너는 그럴 수 있으니, 그렇게 했으리라 믿는다. 그래서 이 편지가 주인 없이 바다를 떠다녔으면 한다.

기차 떠날 시간이 얼마 남지 않았다. 이 기차를 타면, 앞으로 나는 영영 전처럼 살 수 있을 성싶지 않다. 정해진 시간, 준비를 하도록 주어졌던 시간이 다 지나가버렸으니까. 이제 준비 시간은 없다. 아니, 본래부터 그런 시간은 없었다. 몇 살까지가 어린애고, 언제까지가 준비 기간이란 말이냐. 나는 처음부터 끝까지 사람일 뿐이고, 내가 머무르는 데가 나의 집이며, 방황을 하더라도 그게 바로 내 삶이다. 내가 선택한 삶 때문에 용서를 구하는 일은 없을 것이다.

안녕, 지나간 시간 동안의 내 친구. 오로지 믿음으로만 존재하는 앞날에, 우리 다시 뜨겁게 만나기로 하자.

—언제나 너의 친구, 윤수 씀

그래. 굶는 짓 따위는 소용없다. 모래를 먹는 거나 같다. 두레학교엔 윤수 말고 또 누가 모일까?

저 노을. 천지를 온통 붉게 물들인 저 노을. 하늘에서 붉은 구름더미가 빠르게 움직인다. 바다는 너무도 잔잔하다. 태풍 직전의 고요.

윤수야, 어디쯤 가고 있니?

경석아, 너는 지금 어디에 가 있는 거니?

구름 틈새로 쏟아지는 선홍빛 빛기둥, 그 속을 가로지르는 바닷새들. 새들은 또 어디로 가는 걸까. 태풍에 견딜 집을 짓기에는 너무 늦은 때에.

그래, 내가 누군가를, 무엇인가를 위해 존재한다면, 먼저 나를 지켜야 한다. 너무 늦기 전에 스스로 일어서지 않으면, 내가 누구라 한들 무슨 소용이겠는가.

바닷새들 중에서 하나가, 날개를 펼치며 상승한다. 아기장수처럼, 황금빛 날개를 빛내며 활강한다…… 몰려오는 구름더미를 백

마처럼 올라타고, 수평선 너머로 날아간다.

저게 누굴까? 텅 빈 해변에서 느릿느릿 움직이는, 노을에 녹아 작고 붉어진 몸, 검붉게 응어리진 그림자들…… 그래, 윤수다. 경석이도 있고. 경석이 누나, 등대여관 집 딸, 그리고 나. 결코 '너'일 수 없는 '나'…… 같은 빛깔, 비슷하게 일그러진 얼굴들…… 모두 신호를 보낸다. 초조하고 혼란스런 신호들…… 비스듬히 기울어진 공중전화 유리집 옆에서, 노을 젖은 느티나무 잎새가 거세지는 바람에 뿔뿔이 뒤챈다. 그 신호들을 멀리 보내려고 외치는 것 같다…… '잎새에 이는 바람에도, 나는 괴로워했다'…… 받아야 한다. 그 신호를, 누군가 받아야 한다.

•8월 7일..

"누나야? 응, 나야, 선재……

뭐라구? 잘 안 들려…… 하여간 지금은 배가 끊어져서 못 가. 등대여관에서 신세지고, 태풍이 지나가면 집으로 갈게.

여기는 바람이 엄청 거세졌어. 끝 글자만 날아갔던 등대여관 간판이 마저 다 날아가버렸어. 공중전화가 설치된 이 유리집도 머지 않아 모래밭에 파묻혀버리고 말 거야.

자형…… 집에 들어왔어? 으응, 그럼 누나가 아기를 낳기로 한 거야? 지우지 않는단 말이지? 잘했어. 지우려고 들면, 나도 가만히 안 있을 거야…… 그래, 듣고 있어. 이젠 잘 들려……태풍이 지나가면, 돌아갈게."

태풍이 이 섬을 덮치면, 거센 비바람 속으로 나가겠어. 파도가 으르렁대는 해변을 지치도록 달리겠어. 마음이 정말 경건해질 거야. 그러면 시를 써야지. 내가 부르는 노래, 외로운 이들을 위한 아주 간절한 노래가 샘물처럼 솟아날 거야.

작가의 말

작가에게 자기 글이 널리 읽히는 일보다 더한 기쁨은 없다. 지난 십여 년 동안 나는 그 기쁨을 누려왔다. 참으로 고맙고 분에 넘치는 일이다.

처음 이 작품을 발표하던 당시, 한국 문단에는 청소년을 주인공으로 삼은 창작물이 드물었다. 그래서 어떻게 받아들여질까 조금 걱정이 되기도 했었는데, 근래에 이런 작품이 늘어나서 그 또한 다행스럽다.

독자가 많아져도 노상 마음 한켠에는 미흡함이 있었다. 이 작품을 내놓을 때 부득이한 사정으로 서두른 면이 없지 않았기 때문이다. 시간이 흐르면서 미흡함은 미안함이 되었다.

이 소설이 '문지 푸른 문학' 시리즈에 들어가는 계제에, 미안함을 덜게 되었다. 개정을 하려고 드니 바꾸는 정도가 문제였다. 되도록 손대는 데를 줄이는 게 바람직해 보였다. 그래서 마지막 꼭지

「섬에서 지낸 여름」을 빼고는, 꼭 필요한 곳만 손보았다.

성장하려는 자는 모순 속에 있다. 그는 환경의 자식이지만, 환경을 극복하고자 한다. 환경은 그에게 어머니인 동시에 적이다. 그의 방황은, 모순의 구체적인 모습과 내면의 꿈을 드러낸다. 성장은 바로 그것들의 성찰과 모색에서 비롯된다.

개정판은, 선재와 선재 친구들이, 물론 독자 여러분도 함께, 그 일을 더 잘할 수 있게 되었기 바란다.

2008년 겨울
최시한